A.C. Baantjer

De Cock
en de dood van de Helende Meesters

de Fontein

ISBN 90 261 1838 4
NUR 332

Omslag: Hans Gordijn
Foto omslag: © ANP-foto
Grafische verzorging: V3-Services, Baarn

1

Rechercheur De Cock van het aloude politiebureau aan de Amsterdamse Warmoesstraat zwiepte met kracht de lade van zijn bureau dicht. Het doffe geluid van de klap die volgde deed hem zichtbaar goed. Het was een uiting van onvrede met zijn dagelijks werk. Voor even wilde hij verlost zijn van al de ellende die in die lade middels lange rapporten en processen-verbaal lag opgetast. Met een zoete grijns op zijn gezicht leunde hij behaaglijk in zijn stoel achterover.

Die morgen was hij, stappend uit de tramtrein van lijn negen op het Stationsplein – op dat moment al ruim te laat – niet rechtstreeks naar de Kit in de Warmoesstraat gerend. Met een ondeugende tinteling in zijn bloed, heimelijk genietend als een spijbelende schooljongen, had hij het oude politiebureau aanvankelijk gemeden en eerst een stevige wandeling door de binnenstad gemaakt.

Het was volop zomer. Al dagen scheen de zon uitbundig aan een strakblauwe hemel. Een enkel verdwaald schapenwolkje viel nauwelijks op. Het stralende weer streelde en verwarmde zijn oude botten. Hij voelde zich weer jong, vrolijk en veerkrachtig. Dat blije zomergevoel had hem als late vijftiger zelfs even doen knipogen naar een schone blonde, luchtig geklede tiener, die op een van de fraaie grachten zijn pad kruiste. Met vernieuwde levensmoed had hij uiteindelijk zijn weg naar de Warmoesstraat weer gevonden.

De oude rechercheur blikte vanuit zijn bureaustoel voor zich uit naar de computer waarachter Dick Vledder, zijn jonge assistent, zich had verscholen.

'Hé,' riep hij uitbundig, 'laat je gezicht eens zien?'

De jonge rechercheur liet zijn rappe vingers even rusten en keek op.

'Moet dat?'

De Cock knikte.

‘Ik wil voor mijzelf even vastleggen hoe jouw gezicht er bij zonnig zomerweer uitziet.’
Vledder dook weer achter zijn scherm.
‘Barst.’
De Cock schudde meewarig zijn hoofd.
‘Je hebt een gezicht van oude lappen,’ stelde hij vast. ‘Bij jou is de herfst al begonnen.’
Vledder kwam weer overeind.
‘Ik voel mij ook niet prettig,’ sprak hij triest.
‘Ziek?’
De jonge rechercheur schudde zijn hoofd
‘Ik heb vannacht ruzie gehad met Adelheid.’
‘Vannacht?’
‘Ja.’
‘Waarover?’
‘Onze kinderen.’
De Cock keek hem verwonderd aan.
‘Onze kinderen... jullie zijn nog niet eens getrouwd!’
Vledder zuchtte.
‘Adelheid wil alles voor ons huwelijk al geregeld zien. Ze wil dat wij samen een soort convenant sluiten, waarin onze taken tijdens ons huwelijk tot in detail zijn vastgelegd.’
De Cock wuifde.
‘Onder meer de opvoeding en verzorging van de eventuele kinderen.’
Vledder knikte.
‘Precies. Besluiten wij samen tot het hebben van kinderen... en dat besluit heeft Adelheid in feite al genomen... dan brengen wij die, volgens haar inzichten... in deeltijd groot. De ene week verzorgt zij, de andere week ik.’
De Cock fronste zijn wenkbrauwen.
‘Zij wil als jonge moeder niet stoppen met werken?’
‘Absoluut niet.’
De Cock maakte een schouderbeweging.
‘Mooi toch? Dat is modern.’
Vledder zwaaide wild met zijn armen.
‘Dat kan toch niet!’ riep hij geëmotioneerd. ‘Onmogelijk. Jij en

ik zitten samen in een ingewikkelde moordzaak en dan stap ik er een weekje tussenuit om thuis mijn kinderen te verzorgen.'
'Dat probleem heeft mij bij thuis nooit gespeeld,' antwoordde De Cock toonloos.
Vledder grijnsde.
'Jij hebt een ouderwetse vrouw getrouwd. Haar enige recht was het aanrecht.'
'Van dat recht heeft zij dankbaar gebruikgemaakt. En van haar culinaire hoogstandjes heb ik genoten. Zij is overigens meer dan een kokkin: een vrouw van een rechercheur in voor- en tegenspoed.'
Vledder schudde zijn hoofd.
'Ik wil geen convenant voor ons huwelijk... geen bepalingen vooraf. Het enige convenant dat ik met Adelheid wil sluiten, is liefde en wederzijds respect. Met die twee ingrediënten moeten we alle problemen te lijf kunnen.'
De Cock klapte in zijn handen.
'Bravo, Dick. Daar stem ik mee in. Stuur Adelheid maar eens naar mij toe, of beter nog, laat haar eens onder vier ogen met mijn vrouw praten, die weet niet eens wat een convenant is, maar van liefde en respect...'
De oude rechercheur maakte zijn zin niet af. Er werd op de deur van de grote recherchekamer geklopt en Vledder riep: 'Binnen.'
Het klonk geïrriteerd.
De deur ging langzaam open en in de deuropening verscheen de gestalte van een vrouw. De Cock schatte haar op achter in de veertig. Ze droeg een donkerblauw mantelpakje van een ruige wollen stof, dat fraai contrasteerde met haar lange blonde haren, die tot haar schouders reikten. De oude rechercheur bleef gebiologeerd naar haar kijken. Ze was mooi, vond hij. Ze etaleerde stralend de schoonheid van een al wat rijpere vrouw. Haar rokje hing een handbreedte onder de knie. Haar gebruinde benen waren lang en slank. Aan een riempje over haar schouder bungelde een zwartleren tasje. In een wat slepende tred liep ze op de beide mannen toe. Voor het bureau van de grijze speurder bleef ze staan. Met haar helblauwe ogen

nam ze hem nauwkeurig op. Koel, schattend, met haar hoofd iets schuin.
'U... eh, u bent rechercheur De Cock?' vroeg ze liefjes.
De oude rechercheur kwam beleefd uit zijn stoel overeind en knikte.
'De Cock met eh... met ceeooceekaa,' reageerde hij haast automatisch. Hij wees met een breed gebaar voor zich uit. 'Dat is mijn jonge collega Vledder, voor wie ik al eeuwenlang geen geheimen ken.'
De jonge vrouw lachte.
'U acteert exact zoals mij was voorspeld.'
'Door wie?'
'Iemand die mij aanraadde om mij met u in verbinding te stellen.'
De Cock wuifde naar de stoel naast zijn bureau.
'Gaat u zitten.'
De oude speurder nam ook zelf weer plaats en keek toe hoe ze met licht trillende vingers het jasje van haar getailleerde mantelpakje losknoopte. Voorzichtig liet de vrouw zich op de stoel zakken, zette haar tasje op haar schoot en boog zich iets naar hem toe. Op haar gezicht lag een ernstige trek.
'Het schijnt,' sprak ze somber, 'dat Henry van de aardbodem is weggevaagd.'
De Cock liet haar woorden even op zich inwerken.
'Weggevaagd?'
De vrouw knikte.
'Hij is er niet meer. Verdwenen. Opgelost. Zijn collega's van de kliniek begrijpen er ook niets van.'
De Cock maakte een afwerend gebaar.
'Voor u... eh, voor u verdergaat... wie bent u en wie is de weggevaagde Henry?'
Er gleed een lichte blos over haar gezicht.
'Dom... ik had mij moeten voorstellen. Mijn naam is Irene van Moerkapelle.'
'Irene van Moerkapelle,' herhaalde De Cock met een accent op kapélle. 'Een mooie naam.'
De vrouw knikte instemmend.

'Vind ik ook. Het schijnt dat mijn voorvaderen generaties lang in Moerkapelle hebben gewoond en uiteindelijk de plaatsnaam tot familienaam hebben gekozen.'
'En?'
Irene van Moerkapelle keek hem niet-begrijpend aan.
'Wat?'
'Mijn tweede vraag. Wie is die weggevaagde Henry?'
Haar gezicht betrok.
'Een man die ik in de kliniek van de Helende Meesters heb leren kennen.'
De Cock fronste zijn wenkbrauwen.
'Kliniek van de helende meesters?' herhaalde hij vragend.
Irene van Moerkapelle knikte.
'Helende Meesters, met hoofdletters. Het is een privé-kliniek van vier doktoren, die zich hebben gespecialiseerd in het verrichten van plastische chirurgie.'
'U kwam daar?'
Irene van Moerkapelle glimlachte.
'Mijn uiterlijk had een kleine correctie nodig. Vrouwen op mijn leeftijd ontdekken soms tot hun schrik dat hun jeugd is verdwenen.'
'U ziet er nog patent uit.'
Irene van Moerkapelle negeerde zijn opmerking.
'Henry nam mij in behandeling en ik vond hem direct al aardig. Volgens mij was dat wederzijds.'
'Henry is een van de vier doktoren van de kliniek van de Helende Meesters?' vroeg Vledder.
'Inderdaad... Henry van Nimwegen.'
'En die is verdwenen?'
'Dat vertelde ik meneer De Cock al!'
'Sinds wanneer verdwenen?' hield Vledder vol.
'Twee dagen geleden. Ik had met hem een afspraak om samen naar de Stadsschouwburg te gaan. Die afspraak kwam hij niet na.'
De Cock keek haar licht spottend aan.
'En daaruit concludeert u dat hij van de aardbodem is weggevaagd?'

'Ik ben de volgende morgen naar de kliniek gegaan en heb navraag gedaan. Ook daar was hij niet verschenen. Zijn partners begrijpen er niets van. Henry is volgens hen altijd zeer punctueel.'
'Zij waren ook verontrust?'
'Nee, dat idee had ik niet. Wel heeft een van hen op mijn verzoek naar zijn woning gebeld. De telefoon werd niet beantwoord.'
'Waar woont Henry?'
'Op de Herengracht twaalfhonderdzeventien.'
'U bent daar gaan kijken?'
Irene van Moerkapelle schudde haar hoofd.
'Ik ben nog nooit bij hem thuis geweest. Ik ken Henry nog maar kort... enkele weken. Ik durf niet zomaar bij hem aan te kloppen. Misschien heeft hij wel een vrouw.'
De Cock reageerde verrast.
'Hebt u hem dat niet gevraagd?'
Irene van Moerkapelle zuchtte.
'Henry zegt dat hij is gescheiden en al twee meerderjarige zoons heeft.'
Er gleed een grijns over haar gezicht.
'Ik ben door ervaringen in het verleden voorzichtig geworden. Ik neem niet alles meer voetstoots aan wat een man mij vertelt.'
'Hoe oud is Henry?'
'Tweeënvijftig. Vorige week hebben wij samen zijn verjaardag gevierd. Heel gezellig.'
'Bij u thuis?'
Irene van Moerkapelle knikte.
'Toen ik van hem hoorde dat hij jarig was, heb ik hem uitgenodigd.'
'Dat adres aan de Herengracht... heeft Henry van Nimwegen u dat gegeven?'
Irene van Moerkapelle schudde haar hoofd.
'Dat heb ik van een van zijn collega's.'
'Hoe zou u hem omschrijven?'
'Henry?'
'Ja.'
Irene van Moerkapelle staarde even langs hem heen.

'Een knappe, forsgebouwde man, ongeveer één meter tachtig, grijs aan de slapen en...'
Ze stokte, opende het tasje op haar schoot.
'Ik heb een pasfotootje van hem gekregen.'
Ze gaf het De Cock en boog zich daarna iets naar hem toe. Haar gezicht stond ernstig.
'Er is iets vreemds aan zijn verdwijning,' sprak ze zacht. 'Iets geheimzinnigs... mysterieus. Al behoud ik mijn twijfels... Henry is een eerlijke en betrouwbare man. Ook in de kliniek schetsen ze hem als een man van wie men op aan kan.'
De Cock knikte begrijpend,
'Zijn collega's van de kliniek nog in zijn woning gaan kijken.'
Irene van Moerkapelle maakte een hulpeloos gebaar.
'Dat weet ik niet. Ik heb sinds gisteren geen contact meer met hen gehad.'
Ze boog zich nog dichter naar hem toe.
'Rechercheur De Cock,' sprak ze dwingend, 'neem deze zaak ernstig. Onderzoek wat er met hem is gebeurd. Het moet iets verschrikkelijks zijn... iets fataals.'
Ze tikte met de toppen van haar vingers op haar borst.
'Ik voel het... hier.'

Toen Irene van Moerkapelle de grote recherchekamer had verlaten, begon Vledder te lachen. Hij tikte met de toppen van zijn vingers op zijn borst.
'Ik voel het,' imiteerde hij haar stem, 'hier.'
De Cock keek hem bestraffend aan.
'Die vrouw is ervan overtuigd dat er met die Van Nimwegen iets ernstig is gebeurd. Dat is niet iets om mee te spotten.'
Vledder lachte opnieuw.
'Die vent had geen zin in een avondje schouwburg. Hij is gewoon gaan stappen en komt vandaag of morgen gewoon weer boven water.'
'Als lijk?'
Vledder keek hem verwonderd aan.
'Heb je een tik van die Irene van Moerkapelle meegekregen? Je ziet toch ook geen spoken?'

'Nee.'
'Volgens mij was je erg van haar gecharmeerd,' zei Vledder.
De Cock reageerde niet. Hij stond van zijn stoel op, slenterde naar de kapstok en schoof zijn oude vilten hoedje over zijn grijze haardos.
Vledder kwam hem na.
'Waar ga je heen?'
De Cock keek over zijn schouder.
'Herengracht twaalfhonderdzeventien. Als je geen zin hebt om mee te gaan... rijd ik zelf.'
Vledder grijnsde.
'Die ellende wil ik je niet aandoen.'

Het was druk in de binnenstad. Toen Vledder ondanks slinkse sluipwegen voor de derde keer in een file terechtkwam, begon hij te tieren. Hij zwaaide met zijn armen voor zich uit naar het verkeer op de gracht dat muurvast stond.
'Dit kan toch niet. Als hier ergens een brand uitbreekt, kan niemand er bij. Waarom dempen ze die oude grachten niet... maken er mooie wegen van.'
De Cock lachte.
'We hebben in Amsterdam al eens een hoofdcommissaris gehad die hetzelfde plan lanceerde.'
'En?'
'Hij werd weggehoond. En terecht! Zonder grachten is Amsterdam verdwenen.'
Met veel moeite vond Vledder uiteindelijk een krappe parkeerplek aan de Amstel. Ze stapten uit en slenterden naar de Herengracht.
Nummer twaalfhonderdzeventien bleek een fraai grachtenpand met een ouderwetse trapgevel. Ze beklommen het bordes. Naast een geelkoperen plaat, waarop met zwarte verzonken letters *H.J.J. van Nimwegen* en daaronder in kleinere letters *chirurg* stond, drukte De Cock op een koperen bouton. In het inwendige van het pand rinkelde een bel.
Er kwam geen reactie. Toen na enige tijd bellen nog niet werd gereageerd, tastte De Cock in een steekzak van zijn regenjas

naar het apparaatje dat hij eens, lang geleden, van zijn vriend en ex-inbreker Handige Henkie had gekregen.
Vledder zag het en verschoot van kleur.
'Dat kun je niet doen,' siste hij. 'Midden op de dag. Als mensen het opmerken, dan krijgen we de grootste heibel.'
'Zanik niet,' snauwde De Cock. 'Ga achter mij staan, dan ziet niemand wat.'
Mopperend en kreunend schoof Vledder achter zijn rug. De jonge rechercheur hield er niet van dat De Cock de letter van de wet negeerde en ongeoorloofde dingen deed.
De oude rechercheur zocht de juiste sleutelbaard. In luttele seconden had hij met het apparaatje de zware groene buitendeur geopend en gleed naar binnen. Vledder volgde en deed de deur achter zich dicht.
Via een kleine hal bereikten ze een brede marmeren gang. De Cock keek gewoontegetrouw omhoog naar het plafond. Er waren geen wulpse engeltjes.
Links in de gang stond een deur op een kier. Met zijn knie duwde De Cock de deur verder open en stapte in het vertrek erachter. De zware gordijnen waren gesloten. Het was er aardedonker.
De oude rechercheur pakte zijn zaklantaarn uit zijn regenjas, liet het ovaal van licht over de vloer dwalen. Voorzichtig baande hij zich een weg naar de hoge ramen. Met een ruk schoof hij de zware gordijnen terug. Het felle zonlicht glipte naar binnen.
Verschrikt bleven de beide rechercheurs staan. Midden in het vertrek, op een wit hoogpolig tapijt, lag in een gigantische plas donkerrood bloed, een zwaargebouwde man. Hij lag op zijn rug. Zijn armen gestrekt langs zijn lichaam. Zijn enkels strak samengebonden met zwart snoer. In zijn hals, iets onder zijn linkeroor, gaapte een diepe wond.
Vledder liep op de man toe. Voorzover het bloed dit toeliet, boog de jonge rechercheur zich over hem heen.
'Allemachtig,' mompelde hij onthutst, 'het is Henry.'
De Cock knikte traag.
'De knappe Henry van de bezorgde Irene van Moerkapelle... leeggebloed tot het leven hem ontglipte.'

2

Vledder wees naar het snoer waarmee de enkels van het slachtoffer waren samengebonden.
'Wat heeft dat voor nut?'
'Ik kan er slechts naar gissen,' formuleerde De Cock voorzichtig. 'Vermoedelijk heeft de moordenaar of moordenares willen voorkomen dat Henry van Nimwegen zichzelf na de ingreep zou redden.'
'Dat snap ik niet.'
De Cock gebaarde naar de wond in de nek van het slachtoffer.
'Een opengesneden slagader behoeft niet altijd dodelijk te zijn. Men kan proberen om de wond zoveel als mogelijk dicht te knijpen. Dan komt de dood niet zo snel... is er wellicht nog tijd voor hulp.'
Vledder grijnsde.
'Die kans,' sprak hij cynisch, 'heeft de dader het slachtoffer niet willen geven.'
De Cock liep hoofdschuddend om de plas bloed heen.
'Wat ik niet begrijp is... hoe kreeg de dader of daderes het slachtoffer zover, dat hij zijn enkels liet vastbinden. Vanaf dat moment had Henry van Nimwegen geen enkele bewegingsvrijheid meer.'
Vledder grinnikte.
'Hij kon nog kruipen.'
De Cock reageerde niet.
'Heb jij je mobieltje bij je?'
'Ja.'
'Waarschuw de meute.'
Vledder keek hem vragend aan.
'Hoe verklaren wij het vinden van dit lijk?'
'Hoe bedoel je?'
'Via een deugdelijk afgesloten pand... zonder een bevel tot huiszoeking?'

De Cock grijnsde breed.
'De buitendeur stond toch open.'
'Dat verklaar jij onder ambtseed?'
De Cock knikte traag.
'Desnoods.'
Vledder pakte zijn mobieltje en drukte een paar toetsen in. Maar nog voor hij verbinding had, pakte De Cock plotseling in een flits het mobieltje vast. Zijn scherp gehoor had in de gang een slepend geluid van voetstappen waargenomen.
'Doe dat ding weg,' fluisterde hij hijgend. 'Daar komt iemand.'
Snel drukte hij Vledder aan de scharnierzijde van de deur met zijn rug tegen de muur en ging naast hem staan.
Seconden later ging de deur verder open en staarden de rechercheurs naar de brede rug van een jongeman, gekleed in een grijs jack en een blauwe spijkerbroek. Hij stond verstijfd... iets voorovergebogen met hoog opgetrokken schouders.
Omdat De Cock bang was dat de man in de plas bloed zou stappen, stormde hij naar voren.
De jongeman draaide zich met een ruk om. Zijn gezicht zag bleek en zijn mond zakte halfopen.
'Wie, wie, wie,' stamelde hij. 'Wie bent u en... en... eh, wat is er met vader gebeurd?'
De Cock nam het gezicht van de jongeman even scherp in zich op: de helblauwe ogen en de wat weke kin. Daarna wees hij naar het lijk.
'Is dat uw vader?'
De jongeman knikte.
'Henry... Henry van Nimwegen.'
'En u bent?'
'Julius. Zijn jongste zoon.'
'Wat komt u hier doen?'
Julius van Nimwegen keek hem verbluft aan.
'Ik woon hier.'
De Cock wees opnieuw naar de dode in de plas bloed.
'Dit ziet u voor het eerst?'
Julius knikte.
'Ik kom net terug van een vakantie in Spanje. Mijn bagage staat

in de hal. Ik... eh, ik...' Hij stokte. 'Ik vraag u opnieuw: wie bent u en wat is er in godsnaam met vader gebeurd.'
De oude rechercheur maakte een lichte buiging.
'Mijn naam is De Cock. De Cock met ceeooceekaa.' Hij duimde over zijn schouder. 'En dat is mijn collega Vledder. Wij zijn als rechercheurs verbonden aan het politiebureau in de Warmoesstraat.'
Hij zweeg even.
'Uw vader is vermoord.' De mond van de oude rechercheur stond strak. Hij schudde zijn hoofd. 'Ik neem echter niet aan dat het in Gods naam is gebeurd.'
De houding van Julius van Nimwegen veranderde. Na de eerste reacties van schrik en verbijstering had hij zichzelf weer volledig in bedwang.
'Ik zou er maar niet zo zeker van zijn dat bij de moord Gods naam niet is gebruikt.'
Hij knikte in de richting van de dode man.
'Volgens mij is dit het werk van mijn oudste broer... Michel-Jan... een onverzoenlijk godsdienstfanaat... kil en meedogenloos. Michel-Jan haatte mijn vader. Hij haatte hem om hetgeen hij onze moeder heeft aangedaan... hij haatte hem om zijn turbulente levensstijl... zonder God of gebod... hij haatte mijn vader zo intens, dat hij zijn bloed wel kon drinken.'
Het gezicht van de jongeman kreeg een duivelse expressie. Er was niets van liefde van een zoon voor zijn vader op zijn gelaat. Hij staarde naar het vele bloed rond het lijk.
'En het zou mij niets verbazen,' sprak hij scherp, 'als hij dat ook in werkelijkheid heeft gedaan.'
'Zijn bloed drinken?'
Julius van Nimwegen knikte.
'Michel-Jan... daartoe is hij in staat.'

Bram van Wielingen stapte het vertrek binnen. Zijn dreunende voetstappen werden in het hoogpolige tapijt gesmoord. Hij zette zijn aluminium koffertje op een stoel en liep grinnikend op De Cock toe.
'Ga je je leven beteren?'

'Hoezo?'
De fotograaf zwaaide naar de ramen.
'Het is volop dag. Buiten schijnt de zon. Ongelofelijk. In de regel laat je mij bij nacht en ontij opdraven.'
'Hoe vaak heb ik het je al gezegd,' zuchtte De Cock. 'Ik bepaal niet het tijdstip waarop sinistere lijken op mijn levenspad worden gelegd. Ik ben afhankelijk van hetgeen het lot mij toebedeelt.'
Bram van Wielingen keek naar het slachtoffer op het tapijt.
'Wat een bloed!' riep hij verbijsterd. 'Zoiets heb ik nog nooit eerder gezien. Zeker een paar liter.'
De Cock knikte.
'Iemand heeft zijn slagader opengepeuterd.'
'Waarom?'
'Weet ik veel.'
'Weet je al wie hij is?'
'Henry van Nimwegen, plastisch chirurg, verbonden aan de kliniek van de Helende Meesters.'
De ogen van Bram van Wielingen lichtten even op.
'Die kliniek ken ik. Aan de Plantage Middenlaan. Mijn vrouw heeft er een van haar wenkbrauwen laten bijstellen, die was in de loop der jaren wat onderuitgezakt.'
De Cock nam het voor kennisgeving aan.
De fotograaf opende zijn aluminium koffertje en tilde daaruit zijn fraaie Hasselblad. Hij keek om zich heen.
'Ik heb geen flits nodig,' stelde hij vast. 'Licht genoeg. Heb je nog bijzondere wensen?'
De Cock wees naar de enkels van het slachtoffer.
'Ik wil een paar close-ups van dat tweeaderig elektriciteitsdraad. Vooral de knoop heeft mijn belangstelling. Dat is geen ordinaire platte huis-, tuin- en keukenknoop. Het lijkt wel een soort paalsteek, waarmee men boten afmeert. Volgens mij is dat heel bijzonder.'
Bram van Wielingen knikte begrijpend.
'En verder?'
Staande aan de rand van de plas bloed gebaarde De Cock naar de wond in de hals van het slachtoffer.

'Ga morgenochtend voordat dokter Rusteloos begint te snijden naar het sectielokaal op Westgaarde en fotografeer die wond samen met een meetlatje. Ik wil dat je exact de lengte vastlegt.'
'Je wordt op je wenken bediend,' zei de fotograaf.
De Cock reageerde niet. Hij draaide zich om. In de deuropening stond dokter Den Koninghe. Achter hem torenden twee broeders van de Geneeskundige Dienst met hun onafscheidelijke brancard.
De Cock liep op Den Koninghe toe en schudde hem hartelijk de hand. Hij had een zwak voor de excentrieke dokter met zijn ouderwetse grijze slobkousen onder een deftige streepjesbroek, zijn stemmig zwart jacquet en zijn verfomfaaide, groen uitgeslagen garibaldihoed. Al vroor het dat het kraakte, of al vielen de mussen dood van het dak, de oude lijkschouwer verscheen altijd in hetzelfde tenue.
'Hoe maakt u het?' vroeg De Cock belangstellend.
Over het gezicht van dokter Den Koninghe gleed een droevige grijns. Hij wees naar de ramen waardoor het zonlicht stralend binnenviel.
'Onbegrijpelijk... buiten prachtig weer, al wekenlang volop zomer. Hoogconjunctuur, wij waren in ons kleine landje nog nooit zo rijk. Men zou toch verwachten dat eenieder jubelend van het leven genoot.'
Hij schudde zijn hoofd.
'Ik heb vanmorgen,' sprak hij somber, 'al drie zelfmoorden afgewikkeld.'
De kleine lijkschouwer deed een stap in de richting van het slachtoffer. Kort daarna draaide hij zich aarzelend om en keek naar De Cock.
'Heb je er bezwaar tegen dat de broeders hem even naar het droge trekken? Ik heb niet graag bloed aan mijn schoenen.'
De oude rechercheur blikte naar Bram van Wielingen.
'Heb je dit?'
De fotograaf liet zijn Hasselblad zakken.
'Ik ben klaar. Morgenmiddag na de gerechtelijke sectie heb je de plaatjes op je bureau.'
Hij stak zijn wijsvinger op.

'Ik zou maar niet op Ben Kreuger rekenen. Vraag maar of je bij hem op de wachtlijst kan komen. De dactyloscopische dienst is overbelast.'
De Cock knikte begrijpend.
'Ik maak wel een afspraak.'
De oude rechercheur gebaarde naar dokter Den Koninghe.
'Het lijk kan naar het droge.'
Een van de broeders pakte het slachtoffer onder de oksels vast en sleepte hem uit de bloedplas.
De kleine lijkschouwer trok de pijpen van zijn streepjesbroek iets omhoog en knielde bij het slachtoffer neer. Hij drukte de rug van zijn rechterhand even tegen de wang en voelde aan de kin. Daarna kwam hij weer omhoog. Zijn oude knieën kraakten.
Met precieze bewegingen nam hij zijn brilletje af, pakte de witzijden pochet uit het borstzakje van zijn jacquet en poetste zijn brillenglazen schoon. Daarna zette hij zijn brilletje weer op en plooide zijn pochet terug in het borstzakje van zijn jacquet.
De Cock wachtte geduldig. Hij kende de ceremonie en wist dat het geen zin had om die te onderbreken.
Dokter Den Koninghe wees naar het lijk.
'Hij is dood.'
Het klonk zoals altijd laconiek.
De Cock knikte.
'Lang?'
Dokter Den Koninghe tuitte zijn lippen
'Ik schat toch meer dan vierentwintig uur. Vermoedelijk nog langer. Ik vermoed dat hij eergisteren in de avond of in de nacht is overleden.'
'Doodsoorzaak?
'Overduidelijk. Bloedverlies. Alleen de wond in de hals van het slachtoffer is uitzonderlijk klein voor een slagaderlijke bloeding... slechts groot genoeg om de slagader te raken. Bovendien is de wond verticaal toegebracht en niet horizontaal, zoals gewoonlijk. Ook kwam ik in het verleden bij soortgelijke moorden veel uitgebreidere verwondingen tegen.'
Hij dacht even na.

'Vraag morgen aan dokter Rusteloos eens over zijn bevindingen in dergelijke gevallen.'
De Cock knikte.
'Ik zal het Vledder zeggen. Hij woont in de regel de secties bij. Daar heb ik geen zin meer in.'
Dokter Den Koninghe blikte om zich heen.
'Waar is die jongen?'
De Cock duimde over zijn schouder.
'Praat in een kamer hiernaast met een zoon van het slachtoffer. Die kwam net terug van vakantie, toen hij met dit beeld werd geconfronteerd.'
'Verschrikkelijk.'
'Inderdaad.'
De kleine lijkschouwer glimlachte.
'Groet Vledder van mij.'
Hij wuifde, draaide zich om en liep het vertrek uit.
De Cock wenkte de broeders naderbij.
Zij tilden het lijk op hun brancard, drapeerden er een laken omheen, sloegen de canvas flappen dicht en sjorden de riemen vast. Zacht wiegend droegen ze hem de kamer af.
De Cock keek de broeders na en overdacht hoeveel malen hij in zijn lange carrière als rechercheur een dergelijk beeld had aanschouwd... hoe vaak hij een dodelijk slachtoffer van geweld had zien wegdragen.
Om de mond van de oude rechercheur gleed een droeve grijns. Op de rommelige zolderkamer van zijn herinneringen was het antwoord niet zo snel te vinden.
Vledder kwam het vertrek binnen. Hij gebaarde achter zich.
'Ik ben voor de zekerheid maar bij hem gebleven tot ik door het raam de wagen van de Geneeskundige Dienst zag wegrijden. Ik geloof dat Julius van Nimwegen nu pas langzaam gaat beseffen wat er met zijn vader is gebeurd.'
'Beschuldigt hij nog steeds zijn broer Michel-Jan?'
'Absoluut.'
'Godsdienstfanaat.'
'Ja.'
'Waar is Julius nu?'

'In zijn eigen kamer.'
'Klopt zijn verhaal?'
'Voorzover ik dat in die korte tijd heb kunnen verifiëren... lijkt die Julius mij wel betrouwbaar. Hij woont hier maar tijdelijk bij zijn vader.'
'Tijdelijk?'
'Tot zijn studie is voltooid. Hij studeert aan de Vrije Universiteit, sociologie. Hij staat nog ingeschreven bij zijn moeder in Bussum. Daar woont hij officieel.'
'En hij was met vakantie?'
Vledder trok zijn schouders op.
'Er staat bagage van hem in de hal. Daaruit kan ik verder niets concluderen. Hij zegt dat hij vandaag van vakantie is teruggekomen, per trein.'
'Met de trein?'
'Ja.'
'Uit Spanje?'
Vledder maakte een hulpeloos gebaar.
'Ik vond dat ook al vreemd. Die afstand overbrug je toch met een vliegtuig.'
'Heb je hem dat voorgehouden?'
Vledder schudde zijn hoofd.
'Jij moet zelf maar eens met hem gaan praten. Jij bent beter in het verhoor dan ik.'
De jonge rechercheur krabde zich achter in de nek.
'Er was nog iets geks. Julius van Nimwegen vroeg mij of de wond in de hals van zijn vader horizontaal of verticaal was toegebracht.'
De Cock keek hem verrast aan.
'Wat heb je gezegd?'
'Dat ik het niet wist. Ik heb niet zo intens op die wond in de hals van het slachtoffer gelet.'
'En?'
'Wat bedoel je?'
'Heb je aan Julius van Nimwegen gevraagd waarom hij die vraag stelde?'
Vledder schudde zijn hoofd.

‘Dat antwoord gaf hij zelf. Als het een verticale wond is, zei hij... in de lengterichting van de ader... dan bestaat er geen twijfel. Haal dan Michel-Jan maar op en arresteer hem. Hij woont op de Brouwersgracht zevenhonderdzeventien. Dat is een oud pakhuis. Hij houdt daar ook bijeenkomsten van dierbare geloofsgenoten.’
De jonge rechercheur zuchtte.
‘Zijn stem droop van sarcasme. Ik heb hem daarna gevraagd waarom hij er zo zeker van was dat bij een eventuele verticale wond aan de hals, zijn broer Michel-Jan zonder enige bedenking de dader was.’
‘Wat antwoordde Julius?’
‘Op aandringen van vader,’ zei hij, ‘studeerde Michel-Jan medicijnen.’

3

Vledder wees naar zijn computer.
'Ik heb Ben Kreuger van de dactyloscopische dienst een e-mailtje gestuurd. Ik krijg zojuist bericht terug. Hij heeft ruimte voor ons gemaakt. Ik heb een afspraak voor morgenmiddag om drie uur.'
De Cock trok een bedenkelijk gezicht.
'Wat is een iemeeltje?'
Vledder lachte.
'Een berichtje via internet, heel eenvoudig, efficiënt en snel.' Hij strekte zijn rechterhand voor zich uit. 'Het wordt hoog tijd dat jij eens bij mij achter de computer komt zitten. Ik leer je wel hoe je op internet kruipt en e-mailtjes verstuurt.'
De Cock bromde.
'Ik heb jouw helse computer en het duivelse internet niet nodig. Ik red het wel zonder... eh, hoe heten die dingen ook weer?'
'E-mailtjes.'
De Cock snoof.
'Ik heb mij laten vertellen,' sprak hij grimmig, 'dat hele volksstammen bezeten zijn van dat internet. Die weten van geen ophouden. Die sjetten en slurpen de hele dag.'
Vledder schaterde.
'Dat heet *chatten* en niet slurpen maar *surfen*.'
De Cock wuifde het onderwerp weg.
'Heb je in dat grachtenpand de kamer waar de moord is gepleegd, nog verzegeld?'
Vledder knikte.
'Ik heb uitdrukkelijk tegen Julius van Nimwegen gezegd, dat ik hem verantwoordelijk acht wanneer blijkt dat die verzegeling is verbroken.'
De Cock grinnikte.
'Een hol dreigement. Als die jongen besluit om in de kamer al dat bloed op te laten ruimen, dan kunnen we daar weinig aan doen.'

Vledder trok zijn schouders op.
'Het was van mij een poging om sporen te bewaren. Ik wilde die kamer eerst vrijgeven na het dactyloscopisch onderzoek van Ben Kreuger.'
De Cock knikte, daarna boog hij zich iets naar voren.
'Je had,' formuleerde hij voorzichtig, 'aan onze Julius van Nimwegen moeten vragen waarom je per se medicijnen moet hebben gestudeerd om een halsslagader verticaal in plaats van horizontaal open zou snijden.'
In zijn stem klonk een licht verwijt.
Vledder reageerde wat nukkig.
'Ik heb je al gezegd... ik ben niet zo goed in het afnemen van een verhoor. Mijn reactie is niet zo scherp. Ik bedenk pas achteraf welke vragen ik had moeten stellen.'
De Cock negeerde de opmerking.
'Ben je er intussen al achter wat het essentiële verschil is tussen een horizontale en een verticale snee in een halsslagader?'
Vledder schudde zijn hoofd.
'Ik vraag het morgen wel aan dokter Rusteloos tijdens de sectie. Misschien kan hij mij zelfs een demonstratie...'
De jonge rechercheur stokte. De telefoon op het bureau van De Cock rinkelde. Vledder boog zich voorover en greep de hoorn van het toestel. Na enkele seconden hield hij zijn hand voor het spreekgedeelte.
'Het is Jan Rozenbrand, de wachtcommandant. Bij de balie staat een man die met jou wil praten over de slagadermoord.'
De Cock trok rimpels in zijn voorhoofd.
'Slagadermoord?'
Vledder knikte.
'Zo noemde die man het.'
'Hoe heet hij?'
'Geen idee. Jan Rozenbrand heeft niet naar zijn naam gevraagd.
'Laat hem maar komen,' sprak De Cock berustend.

De Cock keek de man, die op de stoel naast zijn bureau was neergestreken, onderzoekend aan. Hij schatte hem op achter in

de veertig. Hij had gitzwart haar, iets grijzend aan de slapen, donkerbruine ogen en een olijfkleurige huid. Het lichtgrijze kostuum dat hij droeg was van een uitstekende snit.
De Cock schonk hem een ontwapenende glimlach.
'U sprak van een slagadermoord?'
'Ja.'
'Welke moord bedoelt u?'
De man reageerde verwonderd.
'De moord op Henry van Nimwegen.'
'U... eh,' vroeg De Cock voorzichtig, 'beschikt inzake die moord over aanwijzingen?'
'Misschien,' sprak de man aarzelend. 'Misschien. Ik heb een vaag idee over de dader.'
Hij zweeg even.
'Overigens, over de toedracht van de moord op Henry van Nimwegen weet ik niet meer dan hetgeen zijn zoon Julius mij heeft verteld.'
'U had contact met hem?'
De man knikte.
'Julius belde mij vanmiddag op en vertelde wat er met zijn vader was gebeurd.'
De Cock fronste zijn wenkbrauwen.
'Waarom belde hij u?'
De man bedacht zich een moment. Daarna kwam hij half uit zijn stoel overeind en stak de oude rechercheur zijn rechterhand toe.
'Laat ik mij even voorstellen. Mijn naam is Peter van Houten. Ik ben als chirurg verbonden aan de kliniek van de Helende Meesters.'
De oude rechercheur drukte de toegestoken hand.
'Mijn naam is De Cock met... eh...'
Peter van Houten glimlachte.
'Uiteraard met ceeooceekaa... bekwaam rechercheur, speurder van grote reputatie.'
De Cock onderging de lof glimlachend.
'U bent een collega van het slachtoffer.'
Peter van Houten knikte.

'Collega en partner.'
'Partner... in welk opzicht?'
'Henry en ik hebben samen met Simon de Mirambeau en Marcel van Diemen – we zijn oude studievrienden – een jaar of tien geleden met gezamenlijk kapitaal de kliniek van de Helende Meesters gesticht. We hebben ons gespecialiseerd in de plastische chirurgie.'
'Facelifts en opwaardering van de boezem.'
Peter van Houten glimlachte.
'Dat is tegenwoordig nog maar een gering onderdeel van onze activiteiten. Het schijnt dat steeds meer mensen ontevreden zijn over hun uiterlijk.'
'Wat is de structuur van uw kliniek?'
'Hoe bedoelt u?'
'Wie beheert wat?'
'De Helende Meesters is een soort maatschap. We hebben geen salaris, maar de netto-opbrengsten worden door ons vieren gedeeld.'
De Cock glimlachte.
'Ik ken dat. Ik ben een oud-Urker. De Urker vissers gebruiken ongeveer dezelfde verdeelsleutel. Maar nu ter zake!'
Peter van Houten zuchtte.
'De dood van Henry van Nimwegen heeft mij zwaar geschokt. Ik kon het heel goed met hem vinden. Ik bewonderde zijn optreden... zijn vakmanschap. Wij waren min of meer bevriend. Ik heb ook zijn zoon Julius leren kennen. Die jongen heeft voor hij ging studeren een tijdje bij ons in de kliniek rondgekeken. Zijn vader hoopte dat hij medicijnen zou gaan studeren.'
'En...?' vroeg Vledder.
'Uiteindelijk koos de jongen toch een andere studierichting... sociologie, geloof ik.'
'Kent u Michel-Jan, de broer van Julius?' vroeg De Cock.
'Ik ken hem. Michel-Jan heeft ook een poosje bij ons in de kliniek gewerkt. Het was aanvankelijk de bedoeling dat hij in onze maatschap zou worden opgenomen.'
'Dat ging niet door?'
Peter van Houten schudde zijn hoofd.

'Na een paar maanden hebben we hem weggejaagd. Hij was onhoudbaar.'
'Waarom was hij onhoudbaar?'
Peter van Houten weifelde even.
'Michel-Jan is een vreemde jongeman met... eh, met vreemde ideeën... een... eh, godsdienstfanaat. Men zou hem een fundamentalist kunnen noemen. Elke dialoog met hem eindigde consequent met *Gij zult niet*.'
De Cock glimlachte om de uiteenzetting.
'Wat is er mis met *Gij zult niet*?'
'U bedoelt met de *Tien Geboden*?'
'Precies?'
Peter van Houten schudde zijn hoofd.
'Daar is niets mis mee. *Gij zult niet* klinkt alleen erg bedillerig, bemoeizuchtig. Het wekte bij ons op den duur wrevel op. Maar misschien had Michel-Jan wel gelijk. Zijn vader was een knappe, levenslustige man, voortdurend gedreven door een ontembare drang om veel vrouwen te veroveren en te beminnen.'
'Wat Michel-Jan een *Gij zult niet* ontlokte?'
'Precies.'
'Een moralist.'
Peter van Houten knikte.
'Vroeger noemden wij dat een zedenpreker. Maar die term heb ik al jaren niet meer gehoord. Buiten Michel-Jan zullen er niet veel zedenleraren of zedenmeesters meer zijn.'
De Cock gniffelde.
'Jammer. De moraal en de zeden in ons landje zouden best een fikse opknapbeurt kunnen gebruiken.'
De oude rechercheur zweeg even.
'Zou Michel-Jan nu zelf het gebod *Gij zult niet doden* hebben overtreden?'
Peter van Houten keek hem onderzoekend aan.
'U bedoelt... of Michel-Jan zijn vader heeft vermoord?'
De Cock knikte.
'Dat bedoel ik.'
Peter van Houten liet zijn hoofd zakken en verzonk in gepeins. Na enkele seconden keek hij op.

‘Ik denk niet dat Michel-Jan daartoe de moed heeft. Hij is meer de man van het woord, dan van de daad.’
De Cock knikte begrijpend.
‘Toen ik u in het begin van ons gesprek vroeg of u inzake de moord op Henry van Nimwegen over aanwijzingen beschikte, antwoordde u: *Misschien. Ik heb een vaag idee over de dader.* Wilt u dat idee nader toelichten?’
Peter van Houten knikte.
‘Ruim een jaar geleden heeft Henry een man in behandeling genomen die een gezichtscorrectie wenste. Een smallere neus en rimpels wegnemen bij de ogen en de bovenlip. De ingreep van Henry is totaal mislukt. Na de behandeling was het gezicht van de patiënt niet meer om aan te zien.’
‘De man was kwaad.’
‘Kwaad... kwaad is een understatement. De man was des duivels. Hij is een paar maal de kliniek binnengedrongen om Henry van Nimwegen aan het mes te rijgen, zoals hij dat noemde. Hij beloofde Henry dat hij hem eenzelfde behandeling zou laten ondergaan.’
‘Zijn gezicht ombouwen... ruïneren.’
‘Daarmee dreigde hij. Met behulp van de politie hebben we hem kunnen verwijderen.’
‘Daar bleef het bij?’
Peter van Houten schudde zijn hoofd.
‘Toen hij geen kans meer zag om binnen te komen, wachtte hij Henry bij de kliniek op... liep hem scheldend na... deed een paar maal een poging om hem te steken. De man vormde voor Henry beslist een bedreiging.’
De Cock knikte.
‘Ik begrijp het. U hebt het idee dat deze man verantwoordelijk is voor zijn dood.’
‘Inderdaad. De man vond dat Henry met zijn geklungel zijn leven had verwoest.’
‘Ik kan mij in die gedachte wel verplaatsen,’ beaamde De Cock.
‘Ik zei u al... Henry was een vakman. Maar in ons vak kunnen mislukkingen voorkomen. Chirurgische ingrepen pakken soms totaal verkeerd uit. Daarbij speelt ook de kwaliteit van het

huidweefsel van de patiënt een rol. Het is nooit exact te voorspellen hoe de huid op een ingreep zal reageren. Ik kan u voorbeelden...'

De Cock onderbrak hem.

'Heeft Henry wel eens aangifte gedaan van die bedreigingen en pogingen tot mishandeling?'

Peter van Houten schudde zijn hoofd.

'Henry voelde zich schuldig. Hij begreep de woede van de man. Hij wilde ook voor alles vermijden dat er een rechtszaak zou volgen, waarbij zijn mislukte ingreep uitvoerig ter sprake zou komen. Dat was zeker niet in het belang van onze kliniek.'

De Cock gniffelde.

'Absolute antireclame.'

Peter van Houten knikte. Hij pakte uit de binnenzak van zijn colbert een foto op briefkaartmodel en overhandigde die aan De Cock.

'Zo zag die man er na de ingreep uit.'

De Cock legde de foto voor zich op zijn bureau en bekeek hem aandachtig.

'Verschrikkelijk,' verzuchtte hij. 'Met zo'n gezicht zou men naar een masker verlangen.'

Peter van Houten maakte een hulpeloos gebaar.

'We hebben de zaak op de kliniek met ons vieren besproken. Uiteindelijk zijn wij met ons vieren verantwoordelijk voor het wel en wee van de Helende Meesters. Niemand van ons durfde een nieuwe ingreep aan.'

De oude rechercheur tikte met zijn wijsvinger op de foto.

'U hebt de naam van de man?'

Peter van Houten tastte naar het borstzakje van zijn colbert en nam daaruit een notitie.

'Jacques,' las hij hardop, 'Jacques van Loppersum.'

De Cock fronste zijn wenkbrauwen.

'Jacques van Loppersum?' herhaalde vragend. 'Dat is toch een bekend neuroloog?'

Peter van Houten knikte.

'Medisch specialist voor organische zenuwziekten.'

'Een zenuwarts?'

'Ja.'
'Die medicijnen heeft gestudeerd?'
Peter van Houten keek hem niet-begrijpend aan.
'Die... eh,' reageerde hij vaag, 'medicijnen heeft gestudeerd.'

Toen Peter van Houten de grote recherchekamer had verlaten, kwam Vledder uit zijn bureaustoel overeind.
'Gaan we hem halen?'
'Wie?'
Vledder zwaaide.
'Jacques van Loppersum. Die man heeft een redelijk motief. Als een arts mijn gezicht zo zou verminken, dan zouden ook bij mij de wraakgevoelens door het lijf sidderen. Bovendien weet die man als arts exact hoe men een halsslagader vakkundig moet openpeuteren. Voor dat karwei had hij blijkbaar een mes bij zich.'
De Cock schudde zijn hoofd.
'Ik arresteer niet graag mensen voordat ik tot de overtuiging ben gekomen dat ze schuldig zijn.'
'Dit is toch een duidelijke zaak?' betoogde Vledder heftig. 'Wat wil je nog meer. Alles klopt... mogelijkheden en motief. Na eerdere pogingen is het die Jacques van Loppersum eindelijk gelukt om zijn gram te halen, om zijn begrijpelijke woede in daden om te zetten.'
De Cock keek jonge collega strak aan.
'Ik wil eerst met hem praten,' reageerde hij kalm. 'Stuur hem een ontbieding voor morgenavond tien uur. Beter nog, laat hem zelf kiezen... een gesprek hier in de recherchekamer of bij hem thuis.'
Vledder grijnsde.
'Als die man merkt dat wij belangstelling voor hem hebben, neemt hij de vlucht.'
De Cock trok gelaten zijn schouders op.
'Dat risico neem ik.'
Vledder zuchtte omstandig.
'Dit, De Cock, wordt de eerste zaak in je leven die je verknoeit.'

‘Daarvan ben ik nog lang niet overtuigd. Ik heb volgens jou vaker verkeerde beslissingen genomen.’ De Cock grinnikte. ‘Die later toch goed uitpakten. Ik denk...’
De telefoon op zijn bureau rinkelde. Vledder pakte de hoorn en luisterde. Na enkele seconden hield hij zijn hand voor het spreekgedeelte.
Op het gezicht van de jonge rechercheur lag een trek van verbazing.
‘Het is... eh, het is de wachtcommandant,’ stamelde hij. ‘Beneden voor de balie staat Michel-Jan van Nimwegen.’
De Cock grijnsde breed.
‘Het wordt spannend. Laat de oudste zoon van de vermoorde heelmeester maar bovenkomen’

4

De Cock nam rustig de tijd om de man die op de stoel naast zijn bureau was gaan zitten, goed in zich op te nemen. Hij schatte hem op rond de vijfentwintig jaar. Hij had een smal gezicht met iets ingevallen wangen en een hoog voorhoofd. Lang, donkerblond haar hing golvend tot diep in zijn nek. In zijn lichtbruine ogen lag een vreemde gloed, waardoor het leek of ze fluoresceerden.

De oude rechercheur zocht naar familietrekken. Die waren er niet. Michel-Jan van Nimwegen leek in geen enkel opzicht op zijn vermoorde vader, noch op zijn jongere broer Julius.
Michel-Jan droeg zwarte leren schoenen, een zwarte pantalon en een zwarte blouse, die hooggesloten eindigde in een stijve witte boord. Het gaf hem het voorkomen van een pater uit een Amerikaans filmdrama.
De jongeman onderging de scherp analyserende blik van De Cock uiterst gelaten. Het interesseerde hem blijkbaar niet hoe de rechercheur hem bezag.
De Cock boog zich iets naar hem toe.
'Hoe is uw naam?' vroeg hij vriendelijk.
'Een overbodige vraag,' reageerde Michel-Jan kalm. 'U weet wie ik ben. Ik heb beneden mijn naam aan de wachtcommandant opgegeven en hij heeft die naam in mijn bijzijn aan u doorgebeld.'
De Cock glimlachte beminnelijk.
'Dat is juist. Ik weet wie u bent. Mag ik dan vragen naar de reden van uw komst?'
Michel-Jan van Nimwegen knikte.
'De dood van mijn vader.'
'Hoe heeft dat bericht u bereikt, als ik vragen mag?'
'Mijn broer Julius belde mij.'
De Cock knikte.

'En bracht u het bericht van zijn dood.'
Er gleed een grijns over het gezicht van Michel-Jan.
'Het was niet de gruwelijke manier waarop mijn vader de dood vond, die mij deed besluiten om naar u toe te komen. Zijn dood treft mij nauwelijks.'
De Cock speelde verbazing.
'Vreemd.'
'In uw ogen?'
De oude rechercheur knikte nadrukkelijk.
'De dood van mijn vader heeft mij destijds diep beroerd. En hij stierf heel vredig een natuurlijke dood.'
Michel-Jan zuchtte diep.
'De relatie met mijn vader is al vanaf mijn kinderjaren beroerd geweest. Voorzover ik mij kan herinneren gruwde ik ervan als hij mij probeerde te liefkozen. Ik ontweek elke toenadering.'
'Ongewoon.'
Michel-Jan knikte.
'Na de dood van mijn te vroeg gestorven moeder ben ik die man gaan haten. Intens. Ik achtte hem verantwoordelijk voor haar vroege dood. Hij heeft haar door zijn talrijke relaties met andere vrouwen veel verdriet gedaan. Die steeds door hem opnieuw gevoede haat heeft bij mij elk gevoel voor hem vernield.'
De Cock gebaarde in zijn richting.
'Ik heb begrepen dat u dikwijls hebt geprobeerd om het losbandige gedrag van uw vader te beteugelen. Uw *Gij zult niet* was gedurende uw tijd in de kliniek van de Helende Meesters een veelgehoorde kreet.'
Michel-Jan van Nimwegen trok zijn gezicht in een ernstige plooi.
'Willen wij deze turbulente wereld leefbaar houden, dan zullen wij ons moeten bezinnen op de bijbel. Die overtuiging heb ik. Wij moeten terug naar de basis. Met een paar vrienden en vriendinnen hebben we een genootschap gesticht de *Broeders en Zusters van de Tien Geboden*. Wij zijn van mening dat het geheel van de bijbelse Tien Geboden zoveel inhoud heeft, dat alle aardse wetten overbodig zijn.'
'Vandaar *Gij zult niet*.'

'Exact. Gij zult niet doodslaan. Gij zult niet echtbreken. Gij zult niet stelen. Gij zult geen valse getuigenis spreken. Gij zult niet begeren wat van een ander is.'
De jongeman spreidde zijn armen.
'Kom eens naar een van onze bijeenkomsten bij mij thuis aan de Brouwersgracht. Wij zullen u ervan overtuigen dat in een wereld zoals wij die voorstaan, zelfs geen plaats meer is voor een rechercheur van politie.'
'Geen misdaad.'
'Inderdaad. Als eenieder zich aan *Gij zult niet* houdt, dan is er op aarde geen misdaad meer en zijn misdaadbestrijders overbodig geworden.'
De Cock lachte.
'Van dat ideaal zijn we nog ver verwijderd. Ik denk dat ik mijn pensioen nog wel haal.'
De oude rechercheur leunde ontspannen in zijn stoel achterover.
'Ik heb nog steeds geen antwoord op mijn vraag.'
Michel-Jan keek hem niet-begrijpend aan.
'Welke vraag?'
De Cock boog zich weer naar voren.
'Wat is de reden van uw komst? U hebt mij uitgelegd, dat de gruwelijke wijze waarop uw vader zijn einde vond, daarvan niet de reden was. Zijn dood trof u nauwelijks. Wat is de reden dan wel?'
Het gezicht van de jongeman versomberde.
'Het was de manier waarop mijn broer Julius mij benaderde.'
'Telefonisch?'
Michel-Jan van Nimwegen knikte.
'Toen ik de hoorn oppakte brulde hij in mijn oor... *was het een lekker gevoel... een sadistische bevrediging toen je de halsslagader van vader openkerfde... hoe smaakte zijn warme bloed?*'
De Cock reageerde niet direct.
'Dit is... eh,' sprak hij na lange seconden, 'dit is weerzinwekkend.'
'Zijn woorden,' sprak Michel-Jan verslagen, 'troffen mij als een mokerslag. Ik werd door mijn broer rechtstreeks, zonder enige omhaal van vadermoord beschuldigd.'

De Cock keek hem strak aan.
'Ten onrechte?'
Michel-Jan reageerde furieus.
'Natuurlijk ten onrechte. De haat die ik jegens mijn vader koesterde, gold zijn liederlijk gedrag. Dat voor mij onaanvaardbare gedrag keurde ik af, maar dat geeft mij niet het recht om hem van het leven te beroven. *Gij zult niet doden* is een door mij gerespecteerd gebod.'
De Cock plukte aan het puntje van zijn neus.
'Uw broer Julius vertelde ons van uw haat jegens uw vader. Hij verklaarde ons: wanneer de halsslagader van vader verticaal is opengesneden, kunt u Michel-Jan voor de moord arresteren. Hij heeft medicijnen gestudeerd.'
De oude rechercheur maakte een verontschuldigend gebaartje.
'Jammer genoeg hebben wij verzuimd om Julius naar een uitleg te vragen.'
'Dat is dom.'
De Cock knikte.
'Inderdaad. Een omissie.'
Hij zweeg even. Onderwijl hield hij zijn blik strak op de man gericht.
'Kunt u ons die uitleg geven?'
Michel-Jan van Nimwegen schudde zijn hoofd.
'Dat heeft met mijn studie medicijnen weinig te maken. In de plastische chirurgie moet men uiterst voorzichtig met het lancet omgaan. Marcel van Diemen, een van de chirurgen van de Helende Meesters – misschien wel de beste van de vier – heeft mij er eens op gewezen dat wanneer men een slagader horizontaal doorsnijdt, de wond zich weer sluit wanneer door bloedverlies de bloeddruk in het lichaam daalt. Men kan dan wel in coma geraken, maar bloedt niet dood. Wanneer een slagader in de lengterichting wordt opengesneden, sluit de wond niet bij vermindering van de bloeddruk.'
'En volgt de dood.'
'Precies. Door bloedverlies. Toen er nog sprake van was dat Julius net als ik medicijnen zou gaan studeren, heb ik dat eens aan hem verteld.'

'Dat heeft hij onthouden.'
Michel-Jan grinnikte.
'Julius onthoudt altijd de verkeerde dingen.'
'Een familiekwaal?'
'Zeker niet.'
De Cock vouwde zijn handen.
'Acht u Julius tot een moord in staat?'
Michel-Jan nam enige bedenktijd en schudde toen zijn hoofd.
'Te week. Vader wilde dat hij net als ik medicijnen ging studeren. Toen hij in de kliniek van de Helende Meesters een paar maal bloed had zien vloeien, zag hij daarvan af en koos voor sociologie.'
De Cock maakte een hulpeloos gebaar.
'Het is onze taak de moordenaar van uw vader te ontmaskeren. Ik besef dat het een moeilijke opgave wordt. Kunt u ons een suggestie doen?'
Michel-Jan antwoordde niet direct.
'Ik heb een tijdje in de kliniek van de Helende Meesters gewerkt. Ik ben daar mijn sleutel van ons huis aan de Herengracht kwijtgeraakt. Ik heb een sterk vermoeden dat Simon de Mirambeau, ook een chirurg van de kliniek, die sleutel van mij heeft gestolen. Ik had in die tijd nog geen vaste plek. Mijn colbert hing als een voorlopige oplossing in zijn kast. Ik heb nooit goed begrepen wat hij met die sleutel wilde.'
'Hebt u hem wel eens rechtstreeks van de diefstal van die sleutel beschuldigd?'
Michel-Jan schudde zijn hoofd.
'Ik beschikte niet over concrete bewijzen. En de sfeer in de kliniek was niet zo gunstig voor mij, om het hem rechtstreeks te vragen. Later ben ik die sleutel vergeten. Ik kwam niet meer in de kliniek. Wel heb ik in die tijd ervaren, dat die Mirambeau om een of andere reden een hekel aan mijn vader had.'
'Motief?'
Michel-Jan schudde zijn hoofd.
'Geen idee. Toen ik van Julius had gehoord hoe vader de dood vond, kwam de gedachte aan die gestolen sleutel terug. Ik heb hem gebeld.'

De Cock fronste zijn wenkbrauwen.
'Simon de Mirambeau?'
Michel-Jan knikte.
'Ik vroeg hem of hij eindelijk mijn sleutel had gebruikt.'
'En toen?'
Michel-Jan van Nimwegen zuchtte diep.
'Hij antwoordde uiterst sarcastisch: *als je de moordenaar van je vader zoekt... kijk dan eens in de spiegel.*'

Toen Michel-Jan van Nimwegen door de rechercheurs nagestaard de grote recherchekamer had verlaten, stond Vledder op en keek minzaam op De Cock neer.
'Treed jij toe tot de gelederen van het genootschap van de Broeders en Zusters van de Tien Geboden?' vroeg hij lachend. 'Jij lijkt mij daartoe uitermate geschikt. Zo'n zwart hemd met een wit boordje om je nek zal je niet misstaan.'
De Cock maakte een schouderbeweging.
'De misdaad uit te willen bannen is een lofwaardig streven. Ik streef al een eeuwigheid naar mijn eigen overbodigheid als rechercheur.'
De grijze speurder grinnikte.
'Juist de zekerheid dat ik die strijd nooit zal winnen, omdat misdaad onuitroeibaar is, houdt mij op de been.'
Vledder ging weer achter zijn bureau zitten.
'Wat vind jij van die Michel-Jan van Nimwegen?'
De Cock glimlachte.
'Ondanks zijn wat zweverige gedachte, dat men middels de Tien Geboden al het kwaad in de wereld kan bezweren, lijkt hij mij een intelligente jongeman.'
'Een moordenaar?'
De Cock trok een bedenkelijk gezicht.
'Ik neig er meer toe Julius van Nimwegen als verdachte te beschouwen.'
Vledder reageerde verwonderd.
'Omdat hij zo fel uithaalt naar zijn broer Michel-Jan, de ondubbelzinnige beschuldigingen aan zijn adres?'
De Cock grijnsde.

'Dat telefoontje naar Michel-Jan was van een hoog haat-niveau: *was het een lekker gevoel... een sadistische bevrediging toen je de halsslagader van vader openkerfde... hoe smaakte zijn warme bloed?* Een dergelijke benadering zegt toch wel iets over het karakter van broer Julius.'
De oude rechercheur staarde nadenkend voor zich uit.
'Julius heeft een tijdje in de kliniek van de Helende Meesters rondgekeken. Hij zal operaties hebben meegemaakt. Via zijn broer wist Julius dat een verticale verwonding van de halsslagader, dus in de lengterichting, een dodelijke verbloeding veroorzaakt. Bovendien had hij gemakkelijk toegang tot het pand aan de Herengracht. Hij woonde daar en zijn vader zal zeker niet op een aanval van hem bedacht zijn geweest.'
'Motief?'
De Cock wreef met zijn vlakke hand over zijn breed gezicht.
'Daar stokt het,' sprak hij somber. 'We moeten eens bezien of Julius schulden heeft... of er in het testament van zijn vader bijzondere bepalingen staan. En verder: was hij werkelijk met vakantie in Spanje of heeft hij de vakantietijd gebruikt om de nodige voorbereidingen voor de moord te treffen?'
Vledder keek hem schattend aan.
'Ben je Jacques van Loppersum vergeten, de neuroloog. Naar mijn gevoel een man met een duidelijk motief. Zijn geschonden gelaat schreeuwt om vergelding.'
De Cock schudde zijn hoofd.
'Ik ben hem niet vergeten,' antwoordde hij bedaard. 'Zeker niet. De foto van zijn mismaakt gezicht ligt boven in de lade van mijn bureau. Elke keer als ik die lade opentrek, word ik met die chirurgische mishandeling geconfronteerd. Omdat die man naar mijn gevoel zo kwetsbaar is, wil ik hem op een subtiele manier benaderen.'
Vledder gniffelde.
'Ik heb hem vanmiddag proberen te bellen voor een afspraak aan dit bureau of bij hem thuis. Zijn telefoon werd echter niet beantwoord. Volgens mij is de vogel al gevlogen.'
De Cock negeerde de opmerking.
'Hebben wij,' veranderde hij van onderwerp, 'Irene van Moer-

kapelle al benaderd om haar te berichten dat haar angst is bewaarheid en haar geliefde Henry van Nimwegen is gesneuveld.'
Vledder schudde zijn hoofd.
'Moet dat?'
De Cock knikte nadrukkelijk.
'Met haar zijn we begonnen. Zij heeft ons op het spoor van deze moord gezet. We kunnen haar niet in het ongewisse laten. Dat is niet netjes.'
Vledder gromde.
'Dat mens mag blij zijn dat ze van hem af is. We hebben nu zo het een en ander over haar Henry vernomen. Wie weet waarvoor Irene van Moerkapelle gespaard is gebleven.'
De Cock maakte een afwerend gebaar.
'De mortuis nil nisi bene.'
'Dat is?'
De Cock gebaarde.
'Over de doden niets dan goeds. Over het liederlijk gedrag van haar Henry, over zijn vele escapades met vrouwen, hullen wij ons in stilzwijgen.'
'Voor haar.'
'Precies.'
'Dat is jouw keuze.'
De Cock strekte zijn wijsvinger naar Vledder uit.
'En de jouwe,' sprak hij waarschuwend. 'Laat Irene van Moerkapelle een van de weinigen zijn die een dierbare herinnering aan Henry van Nimwegen bewaart. Er zijn er genoeg die hem hebben gehaat.'
De telefoon op het bureau van De Cock rinkelde.
Vledder reikte naar voren en pakte de hoorn op.
'Jan Rozenbrand,' zei hij na een paar seconden luisteren tegen De Cock. 'Voor hem aan de balie staat ene Simon de Mirambeau. Hij is als chirurg verbonden aan de kliniek van de Helende Meesters en hij wil met jou praten over de recente halsslagadermoord.'
'Laat hem opdraven,' sprak De Cock pathetisch. 'Dit is een simpele moordzaak. Ik schat de simpelste uit mijn lange carrière. Ik behoef niet naar getuigen te zoeken, zij melden zichzelf.'

5

De Cock kwam traag uit zijn bureaustoel overeind en keek hoe de man vanaf de toegangsdeur met lome tred op hem toe kwam. Hij schatte Simon de Mirambeau op ver achter in de veertig. Wellicht nog iets ouder. Dat zijn leeftijd moeilijk was te bepalen, kwam door zijn uiterlijk, zijn pyknische habitus, kort en zwaarlijvig. Over de riem van zijn pantalon hing een omvangrijke ronde buik, die duidde op een Bourgondische levensstijl met veel wijn en een keur van volvette kazen. Zijn bolrond gezicht met een dikke blauwgeaderde neus en kleine groene ogen had een vriendelijke uitstraling. Zijn kale schedel glom in het licht van de tl-buizen aan het plafond.

De man deed De Cock denken aan zijn leraar Nederlands op de middelbare school. Een uiterst beminnelijk man, die hem echter jaar in jaar uit zonder enig mankeren een onvoldoende gaf voor Nederlands.

Zijn protesten hiertegen, zo herinnerde hij zich, waren vruchteloos.

De man bleef voor hem staan en liet zijn blik enige tijd op hem rusten. Kalm, observerend.

'Rechercheur De Cock?'

Zijn stem kwam van ver en het leek alsof zijn buik daarbij meetrilde.

De oude rechercheur knikte.

'De Cock met ceeooceekaa,' reageerde hij geduldig.

Hij keek de man nog eens aan. Zijn oude leraar Nederlands kwam met enige wraakgevoelens terug in zijn gedachten.

'Voor het geval dat u zich na ons gesprek,' ging hij gedragen verder, 'geroepen voelt om mijn gedrag als onvoldoende te kwalificeren. En dat onvoldoende wilt uiten in een schriftelijke klacht, dan sta ik erop dat u mijn naam in uw klacht goed spelt... dus geen gewone De Kok, maar De Cock met ceeooceekaa.'

Daarna wees hij op de stoel naast zijn bureau. 'Neemt u plaats.' Simon de Mirambeau keek hem enige momenten niet-begrijpend aan, weifelde even en liet zich toen op de stoel zakken.
'U weet wie ik ben?'
De oude rechercheur nam achter zijn bureau plaats en knikte gedwee.
'De heer Simon de Mirambeau,' antwoordde hij, 'een van de prominente chirurgen verbonden aan de kliniek van de Helende Meesters.'
De man grijnsde.
'Dat prominent kunt u weglaten.'
De Cock negeerde de opmerking.
'U wilt met mij praten over de recente halsslagadermoord?'
'Inderdaad.'
'Wie... eh, wie van u heeft dat begrip "halsslagadermoord" gelanceerd?'
De Mirambeau glimlachte.
'Collega Peter van Houten. Hij deed Marcel van Diemen en mij in de kliniek verslag van de dood van Henry van Nimwegen. Hij sprak daarbij van een halsslagadermoord, ontdekt door zijn zoon Julius.'
De Cock knikte begrijpend.
'Kent u de andere zoon van uw collega Henry?'
'U bedoelt Michel-Jan van Nimwegen?'
'Die bedoel ik.'
De Mirambeau knikte.
'Ik ken hem. De jongeman heeft een poosje bij ons op de kliniek gewerkt.'
'En?'
'Wat bedoelt u?'
'Slechte ervaringen?'
De Mirambeau maakte een vaag gebaar in de ruimte.
'Het was geen succes. Michel-Jan was wel bekwaam, maar hij lag voortdurend met zijn vader overhoop. Die voortdurende onenigheid was op den duur niet langer acceptabel. We hebben hem ontslagen.'
'Ik heb met Michel-Jan gesproken. Hij beschuldigt u van dief-

stal uit zijn colbert van de sleutel van het huis van zijn vader aan de Herengracht.'
De Mirambeau knikte.
'Hij belde mij daarover vanmorgen op en suggereerde dat ik die sleutel zou hebben gebruikt om het huis van zijn vader binnen te dringen om hem te vermoorden.'
De Cock grinnikte.
'Zo extreem?'
'Zijn woorden kwamen daar wel op neer.'
De Cock trok een denkrimpel in zijn voorhoofd.
'Hij beschuldigde u werkelijk van moord op zijn vader?'
De Mirambeau gniffelde.
'Min of meer. Maar het was onzin. Pure onzin. Ik heb nooit een sleutel van Michel-Jan gestolen. Wat zou ik met zo'n sleutel? Ik heb tegen hem gezegd: als je de moordenaar van je vader zoekt, kijk dan eens in de spiegel.'
De Cock hield zijn hoofd iets schuin.
'Waarom die reactie?'
De Mirambeau gebaarde heftig.
'Ik heb nog nooit iemand ontmoet die zijn vader zo haatte als Michel-Jan van Nimwegen. Toen Peter van Houten ons van de moord vertelde, was mijn eerste gedachte, dat die moord het werk was van Michel-Jan.'
De Cock pauzeerde even en liet het onderwerp 'sleutel' verder rusten.
'Die beschuldiging van Michel-Jan was onterecht?'
'Absoluut.'
'Kunt u wellicht enig licht brengen in de moord op uw collega Henry van Nimwegen, afgezien van uw gedachte dat Michel-Jan voor de moord verantwoordelijk is?'
De Mirambeau antwoordde niet direct. Hij staarde voor zich uit en wreef zijn dikke handen met korte vingers een paar maal over elkaar.
'Ik denk dat Henry van Nimwegen de dood aan zichzelf te wijten heeft.'
'In welke opzicht?'
'Zijn onbezonnen levenshouding. Zijn gedrag. Turbulent, met

steeds wisselende verhoudingen met vrouwen. Blijkbaar was Henry onweerstaanbaar voor vrouwen. Met elke vrouw die in de kliniek onder zijn behandeling kwam, startte hij een verhouding.'
De Cock glimlachte.
'Dat behoeft toch niet tot moord te leiden?'
'Sommige van die vrouwen waren gehuwd. Er waren er ook met volwassen kinderen... kinderen die naar de kliniek kwamen om tegen zo'n verhouding te protesteren.'
'Dat gebeurde?'
De Mirambeau knikte nadrukkelijk.
'Ik heb er een paar te woord gestaan.'
De Cock keek hem onderzoekend aan.
'In die richting zou ik zijn moordenaar of moordenares moeten vinden?'
'Zeker.'
'Een voorbeeld?'
De Mirambeau zuchtte.
'Mevrouw Irene van Moerkapelle.'
De Cock had moeite om een expressie van verbazing te onderdrukken.
'Irene van Moerkapelle?' vroeg hij benepen.
De Mirambeau knikte.
'Een bijzonder knappe vrouw. Een absolute schoonheid. Ze kwam hier voor een kleine ingreep en Henry startte onmiddellijk zijn offensief.'
'Het geijkte patroon.'
'Inderdaad. Er volgden afspraken. Bezoeken aan theaters. Henry wist hoe men een relatie moet opbouwen.'
De Cock tuitte zijn lippen.
'Niet verontrustend.'
'Toch wel. Dit keer. Irene van Moerkapelle heeft een zoon... Sander van de Koningshof.'
'Van de Koningshof?'
'Irene was met ene Willem van de Koningshof getrouwd. Na de scheiding heeft ze haar eigen naam weer aangenomen.'
'Heeft ze u dat persoonlijk verteld?'

De Mirambeau schudde zijn hoofd.
'Sander. Die jongen wilde zijn moeder een desillusie besparen. Haar huwelijk met die Van de Koningshof was niet bijster gelukkig geweest. Sander was bang voor een herhaling. Hij kwam naar de kliniek en vroeg mij inlichtingen over ene Henry van Nimwegen, met wie zijn moeder omgang had.'
'Die hebt u gegeven?'
'Ja.'
'Zonder restricties.'
De Mirambeau grinnikte vreugdeloos.
'Inderdaad... zonder restricties. Ik heb Sander uitgebreid verteld van de vele affaires in het woelige leven van Henry van Nimwegen. Ik heb hem gezegd dat een verhouding met deze man bepaald geen garantie was voor duurzaam geluk.'
De Cock glimlachte.
'Netjes geformuleerd.'
'Ja.'
'En?'
De Mirambeau streek met zijn handen over zijn kale schedel.
'Sander zei: *dan weet ik wat mij te doen staat... als moeder niet wil luisteren.'*
De Cock keek de man schuins aan.
'Uitleg?'
'Niet in woord, maar in geschrift.'
'In geschrift?' reageerde De Cock verrast.
De Mirambeau knikte.
'Een dag na mijn onderhoud met Sander kwam hij opnieuw naar de kliniek. Hij zei dat hij een lang gesprek met zijn moeder had gevoerd en dat hij haar niet had kunnen overtuigen. Zij was niet van plan om te breken met Henry van Nimwegen.
Toen overhandigde hij mij een brief, gericht aan mijn collega Henry van Nimwegen.'
De Cock monsterde de gelaatstrekken van de man.
'Die... eh, die hebt u geopend?'
De Mirambeau liet zijn hoofd zakken.
'De brief ligt bij mij thuis in een van de vakjes van mijn secretaire. Ik was aanvankelijk van plan om de brief vanavond mee

te nemen naar het politiebureau, maar ik heb liever dat u hem thuis bij mij ophaalt. Ik woon in de Linnaeusparkweg op nummer achthonderdvijftig.'
De Cock nam een kleine pauze.
'U hebt het briefgeheim geschonden?'
'Ja.'
'U kent de inhoud?'
De Mirambeau maakte een hulpeloos gebaar.
'Ik weet dat ik onfatsoenlijk heb gehandeld. Maar het was niet doordacht. Het was een opwelling. Ik wilde niet dat Henry van Nimwegen met zijn fratsen de naam van onze kliniek nog langer bezoedelde. Gelooft u mij, ik was het zat. Ik treur niet om zijn dood. Integendeel, ik beschouw zijn heengaan als een opluchting. Hij bracht onze kliniek voortdurend in opspraak.'
De Mirambeau ademde diep en zijn bolronde gezicht werd vuurrood.
'Er loopt nog een affaire met de neuroloog Jacques van Loppersum. Henry heeft die man schandelijk behandeld. We kunnen het niet bewijzen, maar vermoedelijk was hij onder invloed van drank of drugs toen hij die man behandelde.'
De Cock knikte.
'Die affaire ken ik,' reageerde hij iets geprikkeld. 'Ook die heeft onze aandacht.' Hij zwaaide geagiteerd. 'Die brief. Waarom denkt u dat die brief verband houdt met de moord op Henry van Nimwegen.'
'Die sluit naadloos aan op de halsslagadermoord.'
'Hoe?'
De Mirambeau slikte.
'Sander van de Koningshof schreef onder meer aan Henry van Nimwegen: *als u de verhouding met mijn moeder Irene van Moerkapelle niet laat doodbloeden, dan bloedt u een dezer dagen dood. Door mijn hand.*'
'Was getekend?'
De Mirambeau knikte. Het felle rood was uit zijn gezicht getrokken. Hij zag bleek.
'Sander,' hijgde hij. 'Sander van de Koningshof... zoon van Irene van Moerkapelle.'

Toen Simon de Mirambeau was vertrokken, boog Vledder zich iets naar voren.
'Michel-Jan had gelijk,' sprak hij ernstig. 'De Mirambeau had inderdaad een hekel aan Henry van Nimwegen. Misschien is dat nog wel iets te zwak uitgedrukt. Het was haat. Volgens mij heeft hij ook duidelijk een motief voor de moord. Hij zag in zijn collega Henry van Nimwegen een man die door zijn gedrag de kliniek van de Helende Meesters naar de ondergang leidde.'
De Cock keek naar Vledder op.
'Jij ziet in hem de dader?'
'Ik weet het echt niet meer. Ik durf geen keuzes meer te maken.'
'Je bent voorzichtiger geworden. Niet meer zo onstuimig als vroeger.'
Vledder maakte een hulpeloos gebaar.
'In een korte tijd is een reeks van mogelijke daders de revue gepasseerd: de zonen Julius en Michel-Jan, Simon de Mirambeau, en nu doemt er een nieuwe dader op... Sander van de Koningshof.'
De jonge rechercheur gebaarde heftig.
'Wat moeten we ermee? Wat doen wij met een verhaal over een verontruste zoon... een zoon die zijn moeder voor onheil wil behoeden?'
'Dat klinkt pathetisch.'
'Wat doen we?'
De Cock plukte aan het puntje van zijn neus.
'Onderzoeken,' antwoordde hij kort. 'We halen vanavond die brief van Sander van de Koningshof op. Daarna gaan we naar Irene van Moerkapelle. Zij heeft met geen woord over strubbelingen met een zoon van haar gerept. En dat vind ik vreemd. Dat gesprek tussen haar en Sander van de Koningshof moet toch emotioneel geladen zijn geweest. Ik vraag mij af of Sander haar van zijn plannen heeft verteld.'
Vledder keek hem gespannen aan.
'Je bedoelt een alternatief... of je breekt jouw verhouding met die man af... of ik maak hem van kant?'
De Cock knikte.
'Ik schat dat het gesprek tussen Irene van Moerkapelle en haar

zoon Sander in die trant is beëindigd.'
Vledder zuchtte diep.
'Dan is het inderdaad vreemd dat ze tegen ons over dat gesprek heeft gezwegen. Ze opende heel laconiek: *het schijnt, dat Henry van de aardbodem is weggevaagd.*' Veel meer dan dat zijn naam Henry van Nimwegen luidde en dat hij als chirurg was verbonden aan de kliniek van de Helende Meesters, heeft ze ons niet verteld.'
De Cock grijnsde.
'Voor ons voldoende om nu met een lastige klus opgescheept te zitten.'
Vledder trok zijn neus op.
'Ik vond dat je het gesprek met Simon de Mirambeau over de gestolen sleutel van Michel-Jan wat abrupt afsloot.'
De Cock gniffelde.
'Het leek mij niet verstandig om daar dieper op in te gaan.'
'Waarom niet?'
'Het verhaal van die gestolen sleutel behandel ik liever met beleid. Ik wil mijzelf niet graag in een situatie manoeuvreren waardoor ik gedwongen zal worden om toe te geven dat ik het huis van het slachtoffer ben binnengedrongen door gebruik te maken van het apparaatje van Handige Henkie.'
Vledder lachte.
'Het is voor het eerst dat ik merk dat jij je over het gebruik van dat apparaatje zorgen maakt.'
Over het gezicht van de grijze speurder gleed een zoete grijns.
'Ik heb mij tijdens mijn onderzoeken altijd strikt aan de wet gehouden.'
Vledder snoof verachtelijk.
'Als je dat zo uitkwam.'
De Cock reageerde niet. Hij stond van zijn stoel op en slenterde naar de kapstok. Vledder kwam hem na.
'Wil je nu al naar de Linnaeusparkweg?'
De oude rechercheur schudde zijn hoofd.
'We gaan eerst even naar Smalle Lowietje. Mijn droge keel dorst naar het fluweel van een cognackie.'

6

Rechercheur De Cock wandelde op zijn gemak door de Lange Niezel. Hij had in zijn lange loopbaan die smalle straat zo vaak doorkruist, dat elke gevelsteen hem vertrouwd was. Het viel hem op dat het druk was... ongewoon druk. De toeloop naar de Wallen was imposant.
Flarden muziek waaierden uit de open ramen van de cafés. Het heerlijke, zwoele zomerweer had de mensen uit hun huizen gelokt. Wellicht was de warmte van de laatste dagen ook verantwoordelijk voor een opgeklopte mannelijke potentie. De ongewone toeloop duidde daarop. Voor de liveshows met grove imitatieseks stonden de heren dubbeldik in de rij. Ook de schunnige etalages van de seksshops met uitdagende opblaasvrouwen en penissen in talrijke fatsoenen trokken veel bekijks.
Schuin voor hem uit liep Vledder. De jonge rechercheur had altijd wat moeite met de gezapige slentergang waarmee De Cock zich gewoonlijk voortbewoog. Zijn dadendrang pulseerde in een hoger tempo.
De oude rechercheur lichtte in het voorbijgaan beleefd zijn hoedje voor Zwarte Sjaan, een eerbiedwaardige hoerenwaardin, die hij al een eeuwigheid kende. Ze was oud geworden, vond hij. Het viel hem op. Haar gezicht zag grauw en haar ogen stonden dof. Het te zwart geverfde haar en de te nadrukkelijke make-up gaven aan dat ouder worden een extra accentje. Toen hij als jonge en onervaren rechercheur aan het bureau Warmoesstraat begon, was Zwarte Sjaan zonder meer de mooiste vrouw die op de Walletjes was te consulteren.
De Cock bekeek bij het passeren zijn eigen spiegelbeeld in een caféruit en grijnsde breed. De jaren waren ook aan hem niet ongemerkt voorbijgegaan. Hij bezag het met enige gelatenheid. Het beeld maakte hem niet somber of verdrietig. Integendeel. Hij was in wezen een opportunist, die in zijn levensstijl een zonnige blijheid voorstond. Op den duur was

zijn lijf wat massaler geworden, zwaarder, compacter. Na zijn veertigste was alles ook wat dieper op zijn heupen gezakt. Maar zijn hart klopte nog onstuimig en de wil om op zijn eigen wijze de misdaad te bestrijden, tintelde tot in de toppen van zijn vingers.

In het schemerig intiem lokaaltje op de hoek van de Oude Barndesteeg en de Achterburgwal, door de eigenaar Lowietje vol trots zijn 'etablissement' genoemd, hees De Cock zijn omvangrijk bovenlijf op een barkruk en keek rond. Vanaf zijn vertrouwde plek aan het uiteinde van de bar, had hij een goed overzicht over de aanwezigen.
Hij legde zijn oude hoedje op zijn knie en leunde voorover. Hij zat graag zo aan de bar. Als zijn werk in de misdaad het even toeliet, wipte hij met zijn maatje Vledder het politiebureau uit. Samen slenterden ze dan op hun gemak langs de rode lichtjes en lichte meisjes naar het cafeetje aan de Wallen, waar De Cock iedereen kende. De grijze speurder genoot de reputatie in de onderwereld meer vrienden te tellen dan daarbuiten. Hoewel hij heel goed wist dat zijn superieuren die reputatie uiterst twijfelachtig vonden, sprak De Cock het nooit tegen.
Caféhouder Lowietje, wegens zijn tengere gestalte en geringe borstomvang meest 'Smalle' Lowietje genoemd, streek met zijn handjes langs zijn morsig vest en liep vrolijk op de grijze speurder toe. Zijn vriendelijk muizensmoeltje glom van genegenheid.
'Het oude recept?'
De Cock antwoordde niet. Hij wist dat dit niet van hem werd verlangd. De vraag vormde slechts een inleiding... een inleiding tot een bijna sacraal gebeuren. Vergenoegd keek hij toe hoe Smalle Lowietje aalglad onder de tapkast dook en te voorschijn kwam met een fles pure Franse cognac Napoleon, die de kastelein speciaal voor hem gereserveerd hield.
De tengere caféhouder zette drie diepbolle glazen op de bar. Lowietje dronk altijd een glas mee. Behoedzaam schonk hij in. De Cock genoot van de koesterende toewijding waarmee de kastelein hem nu al jaar en dag bediende. De schaarse momen-

ten die de misdaad hem vergunde bij Smalle Lowietje door te brengen, probeerde hij in zijn herinnering vast te leggen.
Hij hief het glas, schommelde het zachtjes in zijn hand en snoof. Op zijn breed gezicht vol groeven verscheen een glans van opperste verrukking. Met getuite lippen nam hij een slok en liet het vocht genietend door zijn dorstige keel glijden. Even sloot hij zijn ogen, toen zette hij het glas omzichtig op de bar terug.
Smalle Lowietje keek hem verwonderd aan.
'Je hebt geen toost uitgebracht,' sprak hij spijtig. 'En daar geniet ik juist altijd zo van. Jij kunt van die heerlijke dingen zeggen.'
De Cock trok een somber gezicht.
'Ik heb gisteravond om acht uur op de televisie naar het nieuws gekeken.'
Lowietje lachte.
'Dat doet half Nederland.'
De Cock schudde zijn hoofd.
'Ik prijs mij gelukkig. Ik hang niet vaak voor de buis. Ik ben 's avonds vaak op pad, doe onderzoeken. Nieuws op televisie is een verschrikking. Wat ik gisteravond in dat halfuurtje nieuws aan ellende over mij kreeg uitgestort... ongelofelijk. Gruwelijkheden, oorlogen, hongersnoden. Een mens kan dat nauwelijks verwerken.'
Smalle Lowietje reageerde verrast.
'Jij zit met je werk toch altijd in de ellende.'
De Cock knikte.
'Maar dat kan ik aan. Aan de ellende die ik in mijn werk ontmoet, kan ik wat doen. Ik kan mensen die een ander leed berokkenen, opsporen, arresteren, voor de rechter brengen. Maar met de ellende van het nieuws kan ik niets. Ik moet het machteloos consumeren.'
'En dat frustreert je?'
'Absoluut.'
'Daar ben je nu nog een beetje chagrijnig van?'
De Cock lachte vrijuit.
'Dat valt wel mee. Ik voel mij senang. Maar ik ben er sinds gisteren van overtuigd dat het nieuws op televisie weinig bijdraagt aan het geluk van de mensen. En dan druk ik mij nog heel voor-

zichtig uit.' Hij wees jolig naar zijn glas. 'Lowie, schenk nog eens in.'
Smalle Lowietje gehoorzaamde met de welwillendheid van een kastelein. Hij hanteerde vakkundig de fles en keek op.
'Hoe is onze landelijke misdaad?'
De Cock gniffelde.
'Ik hoop steeds op een stevige malaise, een terugval, een recessie. Maar daar is geen kijk op. De misdaad bloeit als nooit tevoren.'
'Je hebt het druk?'
'Zeker.'
'Waar ben je mee bezig?'
De oude rechercheur glimlachte.
'Interesseert het je?'
'Altijd.'
'De moord op een plastisch chirurg.'
'Een wat?'
'Een plastisch chirurg.'
Smalle Lowietje trok een denkrimpel in zijn voorhoofd.
'Toch niet... eh, Van... eh, Van Nimwegen?'
De Cock keek hem met open mond aan.
'Hoe... eh, hoe kom jij daar zo op?'
De caféhouder hield zijn hoofd scheef.
'Is hij het?'
De Cock knikte traag.
'Inderdaad. Hij is één van de vier chirurgen die zich de Helende Meesters noemen.'
Smalle Lowietje verschoof iets aan zijn glas.
'Ze hebben een kliniek aan de Plantage Middenlaan.'
De Cock grinnikte.
'Je bent goed geïnformeerd. Ben jij daar ook wel eens onder het mes geweest?'
Smalle Lowietje schudde zijn hoofd.
'Mij niet gezien. Ik ben wel nooit moeders mooiste geweest, maar met mijn muizensmoeltje ben ik best tevreden.'
De Cock keek hem onderzoekend aan.
'Hoe kom je dan aan de naam Van Nimwegen?'

De tengere caféhouder grijnsde.
'Die kent hier iedereen.'
'Op de Wallen?'
'Ja.'
'Hoezo?'
'Die vent is gek.'
'Gek?'
Smalle Lowietje tikte met zijn wijsvinger tegen de zijkant van zijn hoofd.
'Knetter. Gewoon knetter. Hij liep hier 's avonds langs de Wallen en als hij ergens achter het raam een slank hoertje zag, dan ging hij naar binnen en zei: *meid, je borsten zijn te klein. Die moeten veel groter. Met die kleine tietjes van je verdien je het zout in de pap niet.*'
De Cock lachte.
'Dat is voor het eerst dat ik het hoor. Het is geen gebbetje van je. Ik bedoel... het is waar?'
Smalle Lowietje keek hem teleurgesteld aan.
'Heb ik je wel eens wat voorgelogen?'
'Ik heb je er nooit op kunnen betrappen,' antwoordde De Cock ontwijkend.
Smalle Lowietje gebaarde.
'Hij heeft hier op de Wallen verschillende meiden grotere borsten aangemeten.'
'Kan je mij er een paar aanwijzen?'
De tengere caféhouder schudde zijn hoofd.
'Liever niet. Dan kan ik mijn etablissement wel sluiten... komt hier geen mens meer. Die meiden willen niet weten dat het niet allemaal puur natuur is wat ze in huis hebben.'
'Laat maar zitten,' sprak De Cock geruststellend. 'Ik zoek het zelf wel uit.'
Smalle Lowietje boog zich iets naar voren.
'De laatste tijd zag je hem niet zoveel meer op de Wallen.'
De caféhouder boog zich nog verder naar voren.
'Brabantse Jochem,' sprak hij zachtjes, 'Brabantse Jochem zoekt hem al een tijdje.'
'Waarvoor?'

'Het niese* van Brabantse Jochem is bij die Van Nimwegen in behandeling geweest.'
'En?'
Het muizensmoeltje van Lowietje versomberde.
'Van Nimwegen heeft het gezichtje en de kleine borsten van Magere Jopie helemaal verknoeid. Hij heeft haar gewoon mismaakt... totaal mismaakt. Die meid durft zich nauwelijks nog te vertonen.'
'Ze peesde hier toch op de Wallen?'
'Zeker.'
Smalle Lowietje zuchtte.
'Ik durf niet te beweren dat hij iets met die moord op Van Nimwegen te maken heeft... maar het zou mij niets verbazen.'
De Cock keek hem schattend aan.
'Heeft Brabantse Jochem wel eens bedreigingen geuit... gezegd wat hij van plan was?'
Lowietje knikte.
'Hier in mijn etablissement... vorige week nog... waar ook anderen bij waren.'
'En?'
'Hij riep: *als ik die minkukel te pakken krijg, kerf ik hem open.*'
Vledder, die al die tijd zwijgend voor zich uit had gestaard, stootte De Cock aan en fluisterde: 'Nog een verdachte. Het kan niet op.'

Met de warme gloed van twee cognackies in hun aderen verlieten de rechercheurs het café van Smalle Lowietje en slenterden via de Achterburgwal terug naar de Kit. De drukte was nog groter dan een half uur geleden. Een leger van behoeftigen sjokte over de Wallen. Bijna alle gordijnen van de peeskamertjes waren gesloten.
Vledder porde met zijn elleboog tegen de milt van De Cock.
'Schiet een beetje op. Je loopt te slenteren alsof je hier op vakantie bent.'
De Cock blikte opzij.

* Bargoens voor vrouw of meisje

'Wat wil je dan?'
'We hebben nog een afspraak met die De Mirambeau.'
De Cock schoof de mouw van zijn regenjas iets terug en keek op zijn horloge.
'Voor tienen zijn wij bij hem... vroeg genoeg.'
Vledder duimde over zijn schouder.
'De vijfde verdachte: Brabantse Jochem.'
De Cock grijnsde
'Dat is de zesde. Ik denk dat je Jacques van Loppersum vergeet.'
Vledder knikte.
'Je hebt gelijk. Zijn motief ligt ongeveer op hetzelfde niveau als dat van Brabantse Jochem... mislukte operaties. Zie jij wat in die souteneur?'
De Cock schudde zijn hoofd.
'Niet veel.'
'Waarom niet?'
'Ik ken Brabantse Jochem. Ik heb hem in het verleden een paar keer gearresteerd.'
'Waarvoor?'
'Losse handjes. Mishandelingen. Soms vrij fors, met voor het slachtoffer aanzienlijk letsel.' De oude rechercheur schudde zijn hoofd. 'Maar ik zie in hem geen man die heel subtiel een halsslagader openpeutert.'
'Schrappen we hem?'
De Cock schudde resoluut zijn hoofd.
'Hij heeft een motief... een redelijk motief. Brabantse Jochem is zijn broodwinning kwijt. Met haar mismaakt gezicht kan Magere Jopie alleen nog maar in het donker de baan op. En dan krijg je niet de best betalende klantjes. Verder weet je maar nooit of die man recent iets heeft gelezen of gehoord wat hem op het idee heeft gebracht om zijn wraak uit te oefenen door Henry van Nimwegen vrolijk te laten doodbloeden.'
'Vrolijk?'
De Cock gniffelde.
'Bij wijze van spreken.'

Op de houten steiger achter het politiebureau stapten ze in hun oude Golf. Vledder stuurde de wagen behendig via het Damrak naar de Prins Hendrikkade.
De Cock blikte opzij.
'Weet je de Linnaeusparkweg te vinden?'
'Blindelings.'
'Ik zou er,' sprak De Cock schamper, 'mijn ogen maar bij open houden.'
Vledder reageerde niet. Het drukke stadsverkeer eiste al zijn aandacht. Via de Valkenburgerstraat, het Mr. Visserplein, de Muiderstraat en de Plantage Middenlaan bereikten ze de Watergraafsmeer.
Op de Linnaeusparkweg was weinig verkeer.
Vledder minderde snelheid.
'Wat doen we met die brief van Sander van de Koningshof?'
De Cock trok zijn schouders iets op.
'Voorlopig niets. We zullen zoon Sander laten opdraven en hem met de inhoud van die brief confronteren... kijken hoe hij reageert. Ik ben ook benieuwd naar de reactie van Irene van Moerkapelle. We mogen toch verwachten dat moeder haar zoon een beetje kent.'
Even voorbij het Galilëiplantsoen parkeerde Vledder de Golf aan de rand van het trottoir. Ze stapten uit en gingen te voet verder.
De Cock gebaarde om zich heen.
'De Watergraafsmeer. Vroeger een deftige buurt, bewoond door louter ambtenaren. Ik heb hier als jonge diender nog gesurveilleerd. Als je pet scheef op je hoofd stond, schreven ze een klacht.'
Voor nummer 850 bleven ze staan. Op een naambordje van wit email stond in zwarte letters *S. de Mirambeau.* De Cock drukte naast het naambordje op een koperen bouton. In het inwendige van het pand klonk een bel.
Er kwam geen reactie.
Na ruim een minuut belde hij voor de tweede keer. Ook nu bleef een reactie uit.
De Cock voelde aan de knop van de toegangsdeur. Die was op slot. De oude rechercheur tastte in de rechter steekzak van zijn regenjas en pakte het apparaatje van Handige Henkie.

Vledder schudde zijn hoofd.
'Niet weer, hè?'
Het klonk als een smeekbede.
De Cock keek hem verrast aan.
'We hebben een afspraak met die man,' reageerde hij licht geïrriteerd. 'Chirurg De Mirambeau verwacht ons. Hij moet thuis zijn.'
Vledder wees naar de deur.
'Misschien is hij van gedachte veranderd en wil hij ons niet meer ontvangen.' De jonge rechercheur wees naar het apparaatje in de hand van De Cock. 'Als we op die manier bij hem binnendringen, krijgen we de grootste heibel. Houd je er rekening mee... dat is huisvredebreuk. Als rechercheur dien je je aan de wet te houden.'
De Cock weifelde even.
'Nood breekt wet,' gromde hij na enige seconden. Hij bracht het apparaatje omhoog en koos met kennersblik een passende sleutelbaard. Binnen enkele seconden had hij de deur ontsloten. Met zijn knie drukte hij de deur verder open en ging naar binnen.
Vledder volgde hem zacht mopperend.
Na een klein portaal kwamen ze in een smalle gang. Het was er aardedonker. De Cock pakte zijn zaklantaarn en scheen. Het lichtovaal danste langs de wanden. Links stond een deur halfopen. De oude rechercheur drukte ook die deur met zijn knie verder open en bleef in de deuropening staan.
De weeë geur van bloed walmde hem tegemoet. Na een korte zoektocht bleef het lichtovaal van zijn zaklantaarn op een man rusten. Hij lag op zijn rug te midden van een enorme plas bloed. De man was zwaargebouwd. Zijn omvangrijke buik stak omhoog en belemmerde een blik op zijn gezicht.
De Cock schuifelde voorzichtig verder. Over de buik heen scheen hij in het gelaat van het slachtoffer.
'Het is Simon de Mirambeau,' sprak Vledder hees.
De Cock knikte. Over zijn gezicht gleed een sombere trek.
'Met een opengepeuterde halsslagader.'

7

De Cock liet het ovaal van zijn zaklantaarn langs de stijlen van de toegangsdeur glijden. Toen hij een schakelaar had gevonden, liep hij erop toe en ontstak het licht in de kamer.
Vledder liep haastig naar het raam en schoof de overgordijnen dicht.
'Niemand hoeft te zien wat wij hier aan het doen zijn,' riep hij verklarend.
De Cock glimlachte om de actie van zijn jonge collega. De oude rechercheur moest bekennen dat hij bij het aansteken van het licht niet aan de gordijnen had gedacht. Vledder had gelijk. Zonder overgordijnen was van buiten de gehele kamer te overzien.
Bedaard slofte hij om de bloedplas heen en bekeek het slachtoffer zorgvuldig. Ook nu, zo constateerde hij, waren de enkels met een zwart snoer strak samengebonden. In de hals van de man, iets onder zijn linkeroor, gaapte een diepe wond.
De Cock hurkte aan de rand van de bloedplas neer om het zwarte, tweeaderige elektriciteitsdraad beter te bekijken. Het snoer was op exact dezelfde wijze geknoopt als bij de vermoorde Henry van Nimwegen.
De Cock riep Vledder bij zich en wees naar het snoer.
'Conclusie?' vroeg hij.
De jonge rechercheur knikte.
'Duidelijk,' reageerde hij traag. 'Dit is de tweede moord van dezelfde moordenaar. De modus operandi* is vrijwel identiek. Niet alleen de knoop in het snoer, maar ook de wond in de hals wijst op dezelfde dader.'
De Cock keek hem bewonderend aan.
'Heel goed.'
Vledder maakte een hulpeloos gebaar.

* werkwijze

'Als we nu nog enig inzicht krijgen in het motief van de dader,' sprak hij somber, 'dan kwamen we misschien tot een oplossing.'
De Cock schudde zijn hoofd.
'Zover zijn we nog lang niet,' reageerde hij triest. 'Naar aanleiding van deze tweede moord zullen we een aantal afgelegde verklaringen opnieuw moeten bezien... overwegen of ze nog bruikbaar zijn.'
Vledder knikte.
'Deze tweede moord geeft een extra dimensie aan de moord op Henry van Nimwegen.'
De Cock kwam uit zijn gehurkte houding overeind en blikte om zich heen. De kamer was naar zijn gevoel smaakvol gemeubileerd. Op een glimmend donkerbruin parket prijkten vier diepe lederen fauteuils om een ronde tafel. Er waren twee kolossale eikenhouten kasten. Boven op de kasten, nabij de hoeken, stonden slanke vazen van melkwit porselein. Links aan de wand, dicht bij het raam, stond een fraaie secretaire.
De Cock wenkte Vledder.
'Heb je je mobieltje bij je?'
'Natuurlijk!'
'Waarschuw de meute.'
Vledder keek hem vragend aan.
'Hoe verklaren wij het vinden van dit lijk?'
'Hoe bedoel je?'
'Via een deugdelijk afgesloten pand... zonder een bevel tot huiszoeking?'
De Cock reageerde geprikkeld.
'Begin je weer over het gebruik van dat apparaatje te emmeren? De buitendeur stond toch open... heel simpel. Ik heb dat handige apparaatje nooit gebruikt.' In een theatraal gebaar spreidde hij zijn armen. 'En dat verklaar ik desnoods onder ambtseed.'
Vledder gromde.
'Jij hebt een ambtseed van elastiek.'
De Cock schudde zijn hoofd.
'Ik pas de wet in alle redelijkheid toe.'
Vledder grijnsde.

'Jouw redelijkheid.'
De Cock knikte nadrukkelijk.
'Precies... mijn redelijkheid. Ik handel naar mijn eer en geweten en daarmee heb ik nog nooit iemand benadeeld. Integendeel, ik heb door mijn gevoel van redelijkheid een grote reeks moorden tot klaarheid gebracht, die anders onopgelost waren gebleven.' Hij zweeg enige ogenblikken. Hij achtte het onderwerp afgedaan. 'En bel nu de meute met dat mobieltje van je.'
Het klonk als een bevel.

Bram van Wielingen stapte met forse treden de kamer binnen. Demonstratief blikte hij op zijn horloge.
'Het is nog voor tienen,' riep hij jubelend. 'Ik lag nog niet op bed... zat nog voor de buis.' Hij zette zijn aluminium koffertje in een van de leren fauteuils en liep op De Cock toe. 'Je gedraagt je de laatste tijd opvallend netjes. Een moord in de morgen en nog eentje voor het slapengaan. Let op... we worden nog eens vrienden.'
De Cock grinnikte.
'Ik dacht dat wij dat allang waren.'
De fotograaf wierp een blik op het slachtoffer.
'Allemachtig,' riep hij geschrokken. 'Weer zo'n plas bloed. Net als vanmorgen.' Hij trok zijn neus iets op. 'Deze man is nog niet zo lang dood. Het bloed stinkt nog. Ruik je het niet? Een weeë zoete lucht... om onpasselijk van te worden.'
De Cock knikte.
'De geur van bloed... een mooie titel voor een boek.'
Bram van Wielingen lachte.
'Praat er eens over met Baantjer.'
De Cock maakte een afwerend gebaar.
'Die man hangt als een molensteen om mijn nek. Er is nu al een Baantjerspel met mij en Vledder en een dobbelsteen in een kartonnen doos.'
De oude rechercheur glimlachte.
'Schiet gauw je plaatjes, dan kun je hier weg.' Hij wees schuin voor zich uit. 'Net als vanmorgen heb ik belangstelling voor die knoop in het zwarte snoer om zijn enkels.'

'Je weet wie hij is?'
De Cock knikte.
'Simon de Mirambeau. Een van de chirurgen van de kliniek van de Helende Meesters.'
Bram van Wielingen deed zijn koffertje open en nam daaruit zijn fraaie Hasselblad. Hij wees naar het lijk.
'Wat is er met die Helende Meesters aan de hand,' vroeg hij zakelijk. 'Die vent van vanmorgen was toch ook een chirurg van die kliniek?'
De Cock zuchtte.
'Ik snap er geen jota van. Deze Simon de Mirambeau was vanmiddag nog bij mij in de Warmoesstraat. Hij hekelde zo scherp het gedrag van het slachtoffer van vanmorgen, dat ik hem als een mogelijke verdachte beschouwde. Voor die Henry van Nimwegen had hij geen goed woord over. Hij verweet hem ook gebrek aan deskundigheid. Het schijnt dat er in die kliniek nog wel eens foutjes worden gemaakt.'
Bram van Wielingen monteerde een flitslicht.
'Mijn vrouw is ervan opgeknapt.' Hij flitste in het dode gelaat. 'Zij was bij dokter Marcel van Diemen. Over hem was ze goed te spreken.'
De Cock liep bij hem weg. In de deuropening stond dokter Den Koninghe. Zoals gebruikelijk torenden achter hem twee broeders van de Geneeskundige Dienst met hun onafscheidelijke brancard.
De Cock stapte blij op hem toe en schudde hem hartelijk de hand.
'Het spijt me dat ik u weer lastig moet vallen,' sprak hij meelevend. Hij leidde de kleine lijkschouwer van de deur naar het slachtoffer en wees.
'Net als vanmorgen... vrijwel zeker door dezelfde dader.'
Dokter Den Koninghe nam de situatie in ogenschouw.
'Mag ook hij even op het droge?' vroeg hij vriendelijk.
De Cock keek naar Bram van Wielingen.
'Heb je dit al vastgelegd?'
De fotograaf liet zijn Hasselblad zakken en knikte.
'Morgenmiddag na de gerechtelijke sectie heb je ook *deze* plaatjes op je bureau.'

Hij zweeg even.
'Misschien kan dokter Rusteloos op Westgaarde de twee slachtoffers morgen op hetzelfde tijdstip behandelen. Dat is voor mij ook makkelijker voor het fotograferen van de wonden in de hals.'
De Cock knikte.
'Ik zal het tegen Vledder zeggen. Hij maakt de afspraken met de patholoog-anatoom.'
Bram van Wielingen wuifde tot afscheid. De Cock wuifde terug en gebaarde naar dokter Den Koninghe.
'Het lijk kan naar het droge.'
Een van de broeders pakte het slachtoffer onder de oksels vast en sleepte hem uit de bloedplas.
De kleine lijkschouwer trok de pijpen van zijn streepjesbroek iets omhoog en knielde bij het slachtoffer neer. Zijn onderzoek aan het lichaam duurde maar kort. Hij voelde even aan de wang en aan de kin en kwam toen met krakende knieën snel overeind.
De Cock wachtte geduldig tot dokter Den Koninghe zijn ceremonie met brilletje en pochet had voltooid en achteloos naar het lijk wees.
'Hij is dood,' sprak hij zonder emotie.
De Cock knikte.
'Dat idee had ik al... doodgebloed.'
'Absoluut.'
'Lang geleden?'
De lijkschouwer schudde zijn hoofd.
'Kort. Hoogstens een paar uur. Het lichaam is nauwelijks afgekoeld en er is nog geen begin van lijkstijfheid.' Hij stak zijn wijsvinger omhoog. 'De halsslagader is op dezelfde wijze geopend als bij het slachtoffer van vanmorgen.'
De Cock trok zijn gezicht in een ernstige plooi.
'Verticaal.'
De kleine lijkschouwer knikte.
'Inderdaad... verticaal.' Hij keek even op. 'U weet inmiddels het verschil tussen horizontaal en verticaal.'
'Ja.'

Dokter Den Koninghe draaide zich snel om en liep de kamer uit.
De Cock wenkte de broeders naderbij.
Ze tilden het lijk op hun brancard, drapeerden er een laken omheen, sloegen de canvas flappen dicht en sjorden de riemen vast. Zacht wiegend droegen ze hem de kamer af.
Toen de broeders met hun last waren verdwenen, verliet De Cock de kamer en ging in zijn eentje op zoek naar de keuken. Hij vond die aan de tuinzijde van de woning.
De keuken zag er keurig onderhouden uit. Er stond geen vuile vaat en alles was blinkend schoon.
De oude rechercheur inspecteerde de inhoud van de koelkast. Zoals hij verwachtte, trof hij diverse soorten camembert, brie, roquefort en andere volvette kazen. Tot zijn verwondering vond hij in de keuken geen enkele fles wijn. Wel stonden op het aanrecht twee schone wijnglazen. Hij bekeek ze nauwkeurig. Vingerafdrukken ontbraken.
Toen hij zijn onderzoek in de keuken had beëindigd, slenterde De Cock terug naar de kamer van de moord. Vledder liep met een somber gezicht op hem toe en wees naar de secretaire.
'Ik heb die hele kast doorzocht... alle laden en vakjes.'
'En?'
'Geen brief... geen brief van Sander van de Koningshof.'

De Cock sloot de woning van Simon de Mirambeau met zijn apparaatje slotvast af. Gelaten liep hij achter Vledder aan naar de Golf. Zonder een woord te wisselen reden ze terug naar de Kit. Hun zwijgen kwam voort uit een gevoel van verslagenheid en verwarring. De sinistere moord op Simon de Mirambeau leek een raadsel... een daad zonder zin.
Het was Vledder die na enige tijd het zwijgen verbrak. Hij klapte met zijn vuist op de rand van zijn stuur.
'Er klopt geen bliksem van,' riep hij verbeten. 'Hoe je het ook bekijkt... niets past. We kunnen zo een paar mogelijke verdachten schrappen.'
De Cock keek hem van terzijde aan.
'Wie?'
Vledder gebaarde wild voor zich uit.

‘De zonen van Henry van Nimwegen. Ik kan noch voor Julius, noch voor Michel-Jan een motief bedenken voor de moord op Simon de Mirambeau.’
‘Ze kennen hem vanuit de tijd dat beiden op de kliniek van de Helende Meesters werkten.’
Vledder knikte.
‘Maar voorzover ons bekend, hebben zich in die tijd geen gevallen voorgedaan die aanleiding zouden kunnen geven tot deze moord.’
De Cock tuitte zijn lippen.
‘Michel-Jan beschuldigde Simon de Mirambeau van diefstal van de sleutel van het huis van zijn vader. En in een telefoongesprek opperde hij zonder enige schroom de mogelijkheid dat Simon de Mirambeau zijn vader zou hebben vermoord.’
‘Jij wilt hem niet schrappen?’
De Cock schudde zijn hoofd.
‘Voorlopig schrap ik niemand.’

Toen ze de hal van het politiebureau aan de Warmoesstraat binnen stapten, wenkte Jan Rozenbrand De Cock vanachter de balie met een kromme vinger. De oude rechercheur liep op hem toe.
‘Als je een nieuwe moord voor mij hebt,’ waarschuwde hij dreigend, ‘ga ik gillen.’
Jan Rozenbrand lachte.
‘Boven zit een dame op je te wachten.’
‘Een dame?’
De wachtcommandant knikte.
‘Toen ik haar vertelde dat jij er niet was, vroeg ze of je al naar huis was. Ik zei dat jij je nog niet had afgemeld en vrijwel zeker nog even langs kwam. Toen ging ze de trap op naar boven. Na een kwartiertje ben ik gaan kijken. Ze zat op de bank bij de grote recherchekamer.’ Jan Rozenbrand grinnikte. ‘Ze zit daar nu al meer dan een uur.’
De Cock nam opmerkelijk kwiek de trappen naar de tweede etage. Vledder volgde atletisch.
Toen Irene van Moerkapelle de oude rechercheur in het oog kreeg, kwam ze overeind en liep op hem toe. De Cock bleef

even staan. Hij onderging opnieuw de betovering van haar schoonheid en besefte hoe aantrekkelijk ze was voor mannen op een wat gevorderde leeftijd.
'Is hij dood?' vroeg ze scherp.
'Wie?'
'Henry?'
De Cock antwoordde niet direct. Hij leidde haar de kamer in en liet haar op de stoel naast zijn bureau plaatsnemen. Daarna liet hij zich in zijn stoel achter zijn bureau zakken.
'Heeft u,' sprak hij, haar vraag ontwijkend, 'na uw bezoek aan ons vanmorgen nog contact gehad met de kliniek?'
'Ik heb daar niets te zoeken,' reageerde ze bits.
De Cock maakte een lichte schouderbeweging.
'Om te zien of Henry weer aan het werk was.'
Irene van Moerkapelle schudde haar hoofd.
'Ik verwacht Henry daar niet meer. Er is iets ernstigs met hem gebeurd. Dat voel ik. Ik heb de hele dag gewacht op uw telefoontje... op een bericht over de resultaten van uw onderzoek.'
De Cock boog zich iets naar haar toe.
'Waarom hebt u ons vanmorgen niets verteld over de onenigheid tussen u en uw zoon Sander?'
Irene van Moerkapelle maakte geagiteerd een wegwerpgebaar.
'Dat was niet van belang.'
'Sander had nogal wat bedenkingen tegen uw min of meer intieme verhouding met Henry van Nimwegen.'
Irene van Moerkapelle glimlachte fijntjes.
'Ik laat mij door zoonlief niet voorschrijven met welke man ik al dan niet een relatie mag aangaan. Ik schat mijn eigen levenservaring hoger in dan de mening van een jongeman die nauwelijks de puberteit is ontgroeid.'
'Sander wilde u een desillusie besparen.'
'Onzin.'
'Hij heeft in de kliniek van de Helende Meesters inlichtingen ingewonnen omtrent uw vriend Henry van Nimwegen.'
Irene van Moerkapelle snoof.
'Bij wie?'
'Simon de Mirambeau.'

Irene van Moerkapelle maakte een gebaar van verachting.
'Dan was hij aan het goede adres. Simon de Mirambeau... een dikke, vette, volgevreten homofiel. Wat weet die van het spel tussen een hunkerende vrouw en een knappe man?'
'De Mirambeau was ervan overtuigd dat het gedrag van de knappe Henry van Nimwegen het voortbestaan van de kliniek in gevaar bracht.'
Irene van Moerkapelle grinnikte.
'Wat een onzin. Als iemand het voortbestaan van de kliniek van de Helende Meesters in gevaar brengt, dan is het Simon de Mirambeau. U moet eens opvragen hoeveel chirurgische operaties van hem volkomen zijn mislukt.'
De Cock keek haar strak aan.
'Wiens mening verkondigt u nu?'
De ogen van Irene schoten vuur.
'Uiteraard die van Henry van Nimwegen. Van wie kan ik anders weten wat er binnen de muren van de kliniek gebeurt?'
Ze zweeg even.
'Ik heb nog steeds geen antwoord op mijn vraag.'
'Welke?'
'Is Henry dood?'
De Cock liet zijn hoofd iets zakken.
'Wij... eh, wij hadden u moeten inlichten,' sprak hij somber. 'Het spijt ons dat dit niet is gebeurd. We hebben ons onmiddellijk op het onderzoek naar de mogelijke dader gestort.'
Irene van Moerkapelle keek hem aan. Haar lippen trilden.
'Hij is dood?'
'Ja.'
'Vermoord?'
De Cock beet op zijn onderlip en knikte.
'Inderdaad... vermoord.'
Irene slikte. Tranen gleden over haar make-up.
'Heeft hij het toch gedaan.'
'Wie?'
'Sander, mijn zoon Sander. Hij zei dat hij het zou doen als ik de relatie met Henry niet verbrak.'

8

Toen De Cock de volgende morgen, voor zijn doen vroeg, maar nog altijd ruim een halfuur te laat de grote recherchekamer in het aloude politiebureau aan de Amsterdamse Warmoesstraat binnenstapte, trof hij Vledder achter zijn computer. De rappe vingers van de jonge rechercheur dansten over het toetsenbord. Eerst toen De Cock zacht kuchend tegenover hem ging zitten, liet hij zijn vingers rusten en keek fronsend op.
'Lag je vrouw niet op de slip van je hemd?' vroeg hij met enig sarcasme.
De Cock schudde lachend zijn hoofd.
'Die akelige gewoonte heb ik haar afgeleerd. Te lastig. Ik kom nu gewoon te laat mijn bed uit.'
Vledder snoof.
'En je komt te laat hier op het bureau.'
'Precies. Een verworven recht.'
Vledder schudde zijn hoofd.
'Het stoelt nergens op. Het is gewoon je plicht om op tijd te komen.'
De Cock reageerde niet.
De jonge rechercheur gebaarde naar de telefoon.
'Ik heb dokter Rusteloos al aan de lijn gehad. Bram van Wielingen krijgt zijn zin. De patholoog-anatoom neemt de twee slachtoffers kort na elkaar onder handen. De gerechtelijke sectie begint vanmiddag om twee uur. Ik heb mijn afspraak met Ben Kreuger van de dactyloscopische dienst moeten verzetten. Ik zou het nooit redden om op tijd... drie uur... bij hem op de Herengracht te zijn.'
De Cock gebaarde voor zich uit.
'Je moet,' sprak hij memorerend, 'met hem ook naar de Linnaeusparkweg om in de woning van Simon de Mirambeau naar dactyloscopische sporen te kijken.'
Vledder knikte.

‘Ben Kreuger en ik onderzoeken de beide peedee’s* vanavond om zeven uur. Ik heb Julius van Nimwegen gevraagd om vanavond thuis te zijn.’
‘Was hij er?’
‘Ja.’
De Cock grinnikte.
‘Als Julius er niet is, kunnen jij en Ben Kreuger niet naar binnen.’
‘Nee.’
‘En hoe regel je dat op de Linnaeusparkweg?’
Vledder maakte een hulpeloos gebaar.
‘Ik heb geen familie van die Simon de Mirambeau kunnen vinden. Hij is nooit getrouwd geweest. Hij heeft geen broers of zusters en zijn ouders zijn overleden. Ik weet ook niet of hij een vaste vriend heeft.’ De jonge rechercheur zuchtte diep. ‘Ik vrees dat Ben Kreuger en ik een beroep moeten doen op jouw apparaatje.’
De Cock lachte vrijuit.
‘Het verstand wint,’ jubelde hij.
Vledder liet de jubel over zich heen gaan.
‘Ik heb aan dokter Rusteloos gevraagd of hij tijdens de sectie bij de beide slachtoffers bloed en urine, maaginhoud en mogelijk delen van de nieren en de lever apart wil houden voor een toxicologisch onderzoek.’
De Cock keek hem onderzoekend aan.
‘Toxicologisch onderzoek?’
Vledder knikte nadrukkelijk.
‘Mijn vriendin Adelheid was gelukkig nog wakker toen ik gisteravond laat thuiskwam. We hebben nog een tijdje met elkaar over de moorden gebabbeld... ideeën geopperd. Er is één ding waar wij beiden over struikelden. Adelheid en ik begrijpen niet waarom de beide slachtoffers zich hebben laten binden met dat snoer om de enkels. Men laat zich toch niet rustig vastbinden om vervolgens heel gedwee toe te staan dat iemand jouw halsslagader opensnijdt?’

* peedee: afkorting van ‘plaats delict’, vroeger ‘plaats des misdrijfs’.

De Cock schudde zijn hoofd.
'Dat is niet waarschijnlijk.'
'Bovendien, dat verticaal opensnijden van een halsslagader is een precieze handeling, echt een secuur werkje. Bij iemand die zich op een of andere manier verzet, is dat vrijwel onmogelijk.'
De Cock glimlachte.
'De beide geliefden,' sprak hij licht spottend, 'hebben succesvol gebrainstormd.'
Vledder strekte zijn handen naar hem uit.
'Ben je het met ons eens?'
De Cock knikte.
'Absoluut. Zo'n toxicologisch onderzoek moet natuurlijk gebeuren. Ik heb gisteravond al in de keuken van Simon de Mirambeau rondgeneusd. Er stonden twee wijnglazen, maar die waren zo perfect schoongemaakt, dat ik daar geen heil meer in zag. Ik heb ze laten staan.'
Vledder glimlachte.
'Ik had eerst met jou willen overleggen, maar toen ik vanmorgen voor jouw komst dokter Rusteloos aan de lijn had, kon ik mij niet bedwingen om hem om een toxicologisch onderzoek te vragen.'
De Cock boog zich iets naar voren.
'Het behoeft natuurlijk niet een traditioneel vergif te zijn. Het is ook mogelijk dat de moordenaar of moordenares een verdovend spul heeft gebruikt... een drug. Vraag tijdens de sectie aan dokter Rusteloos of hij de lichamen ook nakijkt op mogelijke punctieplekjes, sporen van het gebruik van een injectienaald.'
Vledder pakte zijn notitieboekje.
'Punctieplekjes... ik schrijf het even op. De dokter kan die vinden?'
De Cock gniffelde.
'Het is zijn specialiteit. Hij is ook altijd op zoek naar hematomen.'
Vledder lachte.
'Wat zijn dat?'

'Bloeduitstortingen... onder ons beter bekend als blauwe plekken. Toen ik nog regelmatig gerechtelijke secties bijwoonde, sloeg dokter Rusteloos nooit een hematoom over. Die bekeek hij heel zorgvuldig.'
Vledder keek De Cock uitdagend aan.
'Ga jij vanmiddag naar de sectie?' vroeg hij vriendelijk. 'Dan kun je de verloren kennis van ons lijf weer eens ophalen.'
De Cock schudde resoluut zijn hoofd.
'Die tijd heb ik gehad. Het bijwonen van gerechtelijke secties is echt een klus voor een jonge rechercheur. Als ik met pensioen ben en jij krijgt een jongere maat, dan kun je het hem laten doen.'
Vledder grijnsde.
'Zover zijn we nog niet. Ik blijf voorlopig liever in jouw kielzog opereren... lijkt mij veiliger.'
De Cock strekte zijn wijsvinger naar hem uit.
'Maar dan woon jij wel de secties bij.'
Vledder reageerde niet. Hij trok een lade van zijn bureau open.
'Ik heb vanmorgen nog iets binnen gekregen... een expertiserapport. Je had gelijk... de knoop in het elektrasnoer... is geen gewone platte knoop, maar een paalsteek.'
De Cock keek hem peilend aan.
'Kun jij die maken?'
'Wat?'
'Een paalsteek?'
'Nee.'
De Cock schudde zijn hoofd.
'Ik ook niet. Ik had als jongen een vriendje die bij de zeeverkenners van de padvinderij was. Hij heeft mij wel eens zo'n paalstreek voorgedaan. Zelf ben ik nooit verder gekomen dan een platte...'
De telefoon op het bureau van De Cock rinkelde. Vledder boog zich ver naar voren en pakte de hoorn. Al snel hield hij zijn hand voor het spreekgedeelte.
'Het is de wachtcommandant,' sprak hij zacht. 'Bij hem staat een man die beweert een chirurg van de kliniek van de Helende Meesters te zijn. Hij vraagt naar jou.'

De Cock knikte.
'Laat hem komen.'

De man die de grote recherchekamer binnenstapte, was lang en slank. Hij droeg een ouderwets grijs flanellen kostuum, waaronder een lichtblauw overhemd met een rode stropdas. Met lichte tred liep hij op de grijze speurder toe. Voor zijn bureau bleef hij staan.
'Rechercheur De Cock?'
De oude rechercheur keek schuin omhoog.
'De Cock,' antwoordde hij, 'met... eh, met ceeooceekaa.'
Hij wees voor zich uit.
'Dat is mijn jonge collega rechercheur Vledder. Wij vormen al jaren een duo.'
Hij gebaarde niet direct naar de stoel naast zijn bureau, maar nam de man eerst nauwkeurig in zich op. De man leek achter in de veertig. Hij had een gebruind ovaal gelaat waarin een iets te geprononceerde kin onmiddellijk opviel. Het grijs golvende haar toonde kleine inhammen.
De Cock wees in zijn richting.
'U bent als chirurg verbonden aan de kliniek van de Helende Meesters?'
'Inderdaad.'
De oude rechercheur gebaarde naar de stoel naast zijn bureau.
'Neemt u plaats,' sprak hij vriendelijk, 'en vertel mij wat ik als ambtenaar voor u kan betekenen.'
De man trok zijn pantalon aan de vouwen iets omhoog en liet zich op de stoel zakken. Daarna knoopte hij zijn colbert los, frunnikte even aan zijn rode stropdas en wendde zich tot De Cock.
'Mijn naam is Marcel... Marcel van Diemen. Ik wilde van u weten wat er met Simon de Mirambeau is gebeurd.'
'Waarom?' vroeg de grijze speurder kort.
Marcel van Diemen keek hem verwonderd aan.
'U bedoelt?'
'Waarom... waarom denkt u dat er met Simon de Mirambeau iets is gebeurd?'

Van Diemen zuchtte.
'Als feitelijk leider van de kliniek neem ik het mijzelf nog steeds kwalijk dat ik niet onmiddellijk heb gereageerd toen Henry van Nimwegen zonder voorkennis niet op de kliniek verscheen. Dat was onzorgvuldig. Later vernam ik dat hij op een gruwelijke wijze was vermoord.'
'En?'
'Vanmorgen verscheen mijn collega Simon de Mirambeau niet op de kliniek. Ik heb hem meteen gebeld. Toen de telefoon niet werd opgenomen, kreeg ik een angstig voorgevoel dat er ook met hem iets was gebeurd. Ik heb mijn wagen genomen en ben naar de Linnaeusparkweg gereden. De gordijnen van zijn woning waren gesloten en op mijn bellen werd niet gereageerd. Ik heb toen bij de buren geïnformeerd en die vertelden mij dat zij gisteravond een ambulancewagen voor zijn woning hadden zien staan.'
'Dat bracht u hier?'
'Inderdaad. Zo'n ambulancewagen komt niet voor niets.'
De Cock trok zijn gezicht in een ernstige plooi en knikte.
'Dat is juist. Wij waren er ook.'
De mond van Marcel van Diemen zakte iets open. Hij keek van De Cock naar Vledder en terug.
'U was daar in verband met moord... is Simon de Mirambeau vermoord?'
De Cock knikte opnieuw.
'Op dezelfde wijze als Henry van Nimwegen.'
'Opengesneden halsslagader?'
'Inderdaad.'
Marcel van Diemen sloot even zijn ogen.
'Verschrikkelijk.'
'Zeker.'
'Weet u al wie het heeft gedaan en waarom?'
De Cock schudde zijn hoofd.
'We tasten nog volkomen in het duister.'
Van Diemen zuchtte diep.
'Ik beschouwde Simon als een van mijn betere collega's.'
'Beter dan Henry van Nimwegen?'

Van Diemen knikte.
'Simon was een sociaal voelend mens. Als er perikelen op de kliniek waren, dan suste hij de rellen met ontevreden patiënten. Dat deed hij voortreffelijk. Hij heeft ons voor heel veel ellende gespaard. De dood van Simon is een groot verlies voor de kliniek.'
'En de dood van Henry?'
Van Diemen nam een kleine pauze. Zijn mond vormde een strakke lijn.
'Ik treur niet om zijn dood,' sprak hij snijdend, bijna agressief. 'Absoluut niet. De moordenaar was naar mijn gevoelens nog veel te humaan.'
'Te humaan?'
'Leegbloeden is een zachte dood,' zei Van Diemen streng.
De Cock keek de man verbijsterd aan.
'U zit tot aan uw nekharen vol frustraties en complexen.'
'Verder nog, tot aan mijn schedeldak,' zei Van Diemen. 'Toen ik via collega Peter van Houten hoorde dat Henry was vermoord, heb ik heimelijk zijn moordenaar geprezen.'
De Cock onderdrukte gevoelens van afkeer.
'Geprezen?' vroeg hij ongelovig.
Marcel van Diemen knikte.
'Ik... eh, ik was blij met zijn daad... blij, dat een ander het voor mij had gedaan.'
De Cock monsterde de gelaatstrekken van de man.
'U... eh, u liep met moordplannen rond?'
Van Diemen streek met zijn vlakke hand een paar maal langs zijn geprononceerde kin.
'Ik... eh, ik speelde wel eens met de gedachte hem van het leven te beroven... overdacht op welke manier ik dat zou doen.'
'Dan moeten uw gevoelens van haat jegens hem wel diep zijn geworteld.'
Van Diemen ademde diep.
'Dat is ook zo. Aanvankelijk was ik bevriend met Henry. De kliniek van de Helende Meesters is ook als een vriendenclubje opgericht. Wij kenden elkaar nog uit de tijd dat wij samen medicijnen studeerden.'

‘Wat deed die vriendschap zo bekoelen, dat slechts gedachten van haat en vernietiging overbleven?’
Van Diemen liet zijn hoofd zakken.
‘Mijn vrouw bezweek voor de charmes van Henry van Nimwegen. Zij ging een verhouding met hem aan.’
‘Heimelijk?’
‘Aanvankelijk. Ik had ook geen enkele argwaan. Ik vertrouwde mijn vrouw volkomen. Maar op een dag bekende ze mij dat ze van Henry hield en stelde een scheiding voor.’
‘Daar bent u op ingegaan?’
‘Ja. Ik had geen andere keus. Mathilde... zo heet ze... leek vastbesloten. Mijn smeekbeden om met Henry te breken, werden door haar bot genegeerd.’
‘Zij is niet met Henry getrouwd?’
Van Diemen keek op en grijnsde.
‘Nog geen maand na onze scheiding,’ sprak hij bitter, ‘had Henry al weer een ander. Met vrijwel elke vrouwelijke patiënt begon hij een affaire. Het was bijna ziekelijk. Simon en ik hadden ook het vermoeden dat Henry van Nimwegen verslaafd was. Vermoedelijk aan cocaïne. Onder invloed van een of andere drugs heeft hij een patiënt van de kliniek op een gruwelijke wijze verminkt.’
‘Jacques van Loppersum?’
‘Dat weet u?’ reageerde Marcel van Diemen verrast.
‘Peter van Houten heeft mij dat verteld.’
Van Diemen maakte een hulpeloos gebaar.
‘Simon heeft nog geprobeerd enige correcties te verrichten aan het gelaat van die man, maar de beschadigingen waren niet meer te herstellen.’
De Cock fronste zijn wenkbrauwen.
‘Jacques van Loppersum,’ vroeg hij dwingend, ‘is ook onder behandeling van De Mirambeau geweest?’
Van Diemen knikte traag.
‘Na de fouten van Henry.’
De Cock boog zich iets naar hem toe.
‘Henry van Nimwegen is door die Jacques van Loppersum een paar maal ernstig bedreigd.’

'Inderdaad.'
De Cock trok een denkrimpel in zijn voorhoofd.
'Simon de Mirambeau... werd ook hij bedreigd?'
Van Diemen knikte.
'Jacques van Loppersum meende dat ook de behandeling van Simon de Mirambeau had gefaald. Hij achtte... ik zeg u, volkomen ten onrechte... ook Simon voor de verminkingen aansprakelijk. Hij heeft hem een keer voor de deur van onze kliniek aan de Plantage Middenlaan opgewacht en hem met een groot slagersmes gestoken. Simon weerde de aanval af. Gevolg: een grote vleeswond aan zijn linkeronderarm.'
'Van die mishandeling is nooit aangifte gedaan?'
Van Diemen schudde zijn hoofd.
'Het was dezelfde overweging als bij de aanvallen van Jacques van Loppersum op Henry van Nimwegen... wij wilden de kliniek niet in opspraak brengen.'
De Cock nam een kleine pauze en veranderde van onderwerp.
'Simon de Mirambeau was homofiel?'
Van Diemen knikte.
'Daar deed hij nooit geheimzinnig over.'
'Had hij een vaste vriend?'
'Tot voor kort was dat Rudolf... Rudy Akersloot... een beul van een vent en stinkend jaloers.'
'Tot voor kort?'
Van Diemen knikte.
'Simon had een nieuwe vriend. Die heb ik persoonlijk nog nooit ontmoet. Simon sprak nogal lyrisch over hem... noemde hem *mijn lief klein krekeltje*.'

9

Toen Marcel van Diemen de grote recherchekamer had verlaten, keek De Cock naar Vledder op.
'Heb je zijn adres genoteerd?'
'Ja.'
'Waar woont hij?'
'Brouwersgracht elfhonderdzeventien.'
De Cock fronste zijn wenkbrauwen.
'Elfhonderdzeventien... dat is pal bij het oude pakhuis van Michel-Jan van Nimwegen waar hij met zijn vrienden en vriendinnen bijeenkomsten houdt.'
Vledder knikte begrijpend.
'De Broeders en de Zusters van de Tien Geboden.'
'Precies.'
Vledder liet het onderwerp rusten en lachte ineens vrijuit.
'Simon de Mirambeau,' schaterde hij, 'noemde zijn nieuwe vriend *mijn lief klein krekeltje!* Wat... wat moet ik mij daarbij voorstellen?'
De Cock trok zijn schouders op.
'Een koosnaampje... denk ik. Ik noemde mijn vrouw tijdens onze verkering altijd *mijn troeltje*. Ik weet ook niet hoe ik daarbij kwam. Misschien is die nieuwe vriend van Simon de Mirambeau wel een klein manneke en duidt *krekeltje* op een hoge stem.'
De oude rechercheur stak zijn wijsvinger omhoog.
'Wat mij wel bijzonder frappeerde, was het feit dat de vroegere vriend van Simon de Mirambeau luisterde naar de naam Rudolf Akersloot.'
Vledder keek hem verwonderd aan.
'Wat is daar zo frappant aan?'
De Cock trok zijn gezicht in een ernstige plooi.
'Ik ken ene Rudolf Akersloot,' sprak hij somber. 'Een uiterst agressieve jongeman. Zo'n vijftien jaar geleden heb ik een zaak tegen hem behandeld.'

'Wat voor een zaak?'
'Moord.'
'Die Rudolf Akersloot had een moord gepleegd?'
De Cock knikte.
'Hij had zijn homofiele vriend, die hem na een ruzie had verlaten en met een ander had aangepapt, met messteken om het leven gebracht.'
'Jaloezie?'
'Volgens mij was er sprake van voorbedachte rade... van koel overleg. Hij had een paar dagen tevoren een stiletto gekocht en daarmee thuis op een soort zitzak geoefend. Ik heb destijds proberen te bewijzen dat de gaten in het canvas van de zitzak waren aangebracht met dezelfde stiletto als die waarmee de moord was gepleegd.'
'En?'
De Cock grijnsde.
'De Heren Rechters hebben mijn theorie over die zitzak buiten beschouwing gelaten en Rudolf Akersloot niet voor moord, maar voor doodslag veroordeeld.'
Vledder grinnikte vreugdeloos.
'Hij kwam dus na een paar jaar weer vrij.'
'Dat neem ik aan. Ik heb zijn loopbaan verder niet gevolgd. Je kunt als rechercheur onmogelijk alle verdachten die je hebt behandeld in het oog houden.'
'Had Marcel van Diemen gelijk?'
'Wat bedoel je?
'Was die Rudolf Akersloot inderdaad een beul van een vent en stinkend jaloers.'
'Absoluut.'
Vledder plooide zijn gezicht in een peinzende expressie.
'Omdat Simon de Mirambeau,' formuleerde hij voorzichtig, 'een ander vriendje, *mijn lief klein krekeltje*, had aangeschaft, ontstond er voor Rudolf Akersloot een motief om hem naar het leven te staan.'
'De moeilijkheid is, dat hij ook een motief zou moeten hebben voor de moord op Henry van Nimwegen. Beide moorden hebben dezelfde signatuur.' De Cock gniffelde. 'Alleen hebben we

niets dat erop wijst dat Henry van Nimwegen homofiele neigingen had.'
'Wees voorzichtig,' maande Vledder. 'We weten niet alles. Tot nu kennen we van hem alleen affaires met vrouwen, maar we zouden aan zoon Michel-Jan van Nimwegen kunnen vragen of zijn vader een promiscue levenswandel had.'
'Pro-mis-cu-e?'
'Ken je dat woord niet?'
De Cock kneep zijn ogen halfdicht.
'Je bedoelt of Henry van Nimwegen een vrij seksueel verkeer met zowel mannen als vrouwen prefereerde.'
Vledder knikte.
'Uit de verhalen die wij tot nu toe kennen, blijkt duidelijk dat Henry van Nimwegen door een oversekste geest werd gedreven. Als we in ons onderzoek naar zijn levenswandel een affaire met een man tegenkomen, zullen we ook de relatie tussen Henry van Nimwegen en de homofiele Simon de Mirambeau eens nader moeten bezien.'
'Tot nu weten we alleen,' sprak De Cock gelaten, 'dat beiden als chirurg aan de kliniek van de Helende Meesters waren verbonden.'
'We zouden uiteraard aan de nog levende chirurgen, Peter van Houten en Marcel van Diemen, kunnen vragen of die wel eens iets van een relatie tussen Henry van Nimwegen en Simon de Mirambeau hebben bemerkt.'
'Dat zullen we doen.'
De oude rechercheur blikte op zijn horloge en veranderde van onderwerp.
'Het wordt tijd voor je. Laat dokter Rusteloos straks bij de sectie de linkeronderarm van Simon de Mirambeau goed bekijken. Volgens Van Diemen heeft Jacques van Loppersum hem daar een vleeswond toegebracht. Daar moeten nog wel sporen van zichtbaar zijn.'
Vledder keek hem peinzend aan.
'Waarom gaan we niet eens achter die Van Loppersum aan? Hij is tot nu de enige man in ons onderzoek die voor beide moorden een motief heeft... een redelijk motief, waarin ik mij best kan vinden.'

De Cock knikte bedaard.
'Dat komt wel.'
'Je bent zo passief tegenover die vent,' sprak Vledder beschuldigend. 'Het lijkt wel of je die man in bescherming neemt.'
'Ik doe mijn werk,' reageerde De Cock kalm. 'De belastende verklaringen van Peter van Houten en Marcel van Diemen over de bedreigingen en mishandelingen van Jacques van Loppersum zitten in ons dossier. Die komen te zijner tijd best ter sprake. Als dokter Rusteloos ons bovendien kan verklaren dat de armwond beschouwd kan worden als een vorm van ernstig letsel, dan zijn wij in staat om een gedegen strafzaak tegen hem op te bouwen.'
Vledder reageerde geïrriteerd.
'Het gaat niet om een gewone gedegen strafzaak,' reageerde hij fel. 'Het gaat om een dubbele moord. Er is wat met die vent,' ging hij rustiger verder. 'Ik heb hem al een paar maal proberen te bereiken, maar hij neemt geen telefoon op. Naar mijn gevoel heeft hij met de moord op Simon de Mirambeau zijn wraakacties jegens de kliniek van de Helende Meesters voltooid en is gevlucht.'
De Cock grijnsde.
'Met een ijzeren masker voor zijn gezicht om zijn verminkingen te verbergen.'
'Een ij-ze-ren masker,' sprak hij denigrerend. 'Wat is dat voor onzin?'
De Cock schudde zijn hoofd.
'Geen onzin. Een van de romanfiguren van *De drie musketiers* van Alexandre Dumas droeg zo'n ijzeren masker om niet herkend te worden.'
De oude rechercheur staarde even peinzend voor zich uit.
'Wist je overigens dat Alexandre Dumas een pseudoniem was. Hij heette in werkelijkheid Davy de la Pailleterie en schreef zijn flitsende romans samen met een vriend, genaamd Auguste Maquet. Maar diens naam werd nooit genoemd.'
Vledder zuchtte omstandig.
'Je neemt mijn mening inzake de verdachte Jacques van Loppersum niet ernstig.'

'Natuurlijk neem ik jouw meningen wel ernstig,' antwoordde De Cock. 'Maar die man kan met zijn verminkte gezicht toch geen kant op. Als wij zijn signalement verspreiden... desnoods met die foto van hem uit de lade van mijn bureau... volgt zijn aanhouding binnen enkele dagen.'
De oude rechercheur keek nog eens op zijn horloge.
'Schiet op. Je mag dokter Rusteloos niet laten wachten. Vanavond om zeven uur sta ik in de Linnaeusparkweg voor de woning van Simon de Mirambeau. Om middels het door jou zo verguisde apparaatje van Handige Henkie ervoor te zorgen dat jij en de dactyloscoop niet voor een dichte deur staan.'
Vledder bromde.
'En wat doe jij intussen... mijmeren over Alexandre Dumas en zijn Drie Musketiers?'
De Cock negeerde de opmerking.
'Terwijl jij bij dokter Rusteloos met je neus boven twee lijken hangt, wandel ik op mijn gemak naar de Brouwersgracht. En misschien sluit ik mij vanmiddag wel aan bij de Broeders en Zusters van de Tien Geboden.'
Vledder knikte met een grijns op zijn gezicht.
'Je bent ertoe in staat. Waarachtig. Die Tien Geboden passen wel bij jou. Met onze eigen wetgeving lig je toch voortdurend overhoop.'

De Cock slenterde op zijn gemak over het brede trottoir van het Damrak en genoot. Het was nog steeds volop zomer met een vrijwel onbewolkte hemel en een mild koesterend zonnetje. Zo nu en dan gleed er vanaf het Centraal Station een zwoel zacht briesje, dat de vlaggen aan de steigers van de rondvaartboten even vrolijk deed wapperen.
De oude rechercheur blikte om zich heen. Het aantal meisjes en vrouwen dat de moeite van het bekijken waard was, scheen door het zomers zachte weer meer dan te zijn verdubbeld.
Via de Haringpakkerssteeg sjokte hij naar de Korte Nieuwendijk en vandaar naar de Haarlemmerstraat. Voorbij het gebouw van de voormalige West-Indische Compagnie, waar eens Piet Hein tot een glorierijke kaper werd gepromoveerd,

ging hij linksaf door de Binnen Brouwersstraat naar de Brouwersgracht.
Hij kende hier vrijwel elke gevel, elke steen van het trottoir. Uit zijn jeugd herinnerde hij zich nog de functies van de vele oude pakhuizen waar nu appartementen in waren gevestigd. Onder zijn schedeldak huisden ook nog de geuren die de pakhuizen vroeger ademden... de weeë zoete lucht van de oliehandel van Avis, de zilte geuren van de stokvisbeukerij op de hoek van de Prinsengracht.
Halverwege de Brouwersgracht keek De Cock langs zo'n oude gevel omhoog en las de tekst in kapitale letters *Tehuis van de Broeders en Zusters van de Tien Geboden.*
Hij nam het beeld rustig in zich op. Eerst na enkele minuten drukte hij op de koperen bouton naast de monumentale, groengelakte deur.
Hij hoorde het rinkelen van een bel in het inwendige van het pand, gevolgd door het klossen van naderende voetstappen op een stenen vloer. De voetstappen kwamen schuifelend tot staan en de deur gleed open. In de deuropening verscheen Michel-Jan van Nimwegen. Op zijn smal gezicht flitste even een expressie van verbazing.
'Rechercheur De Cock,' galmde hij. 'Treed binnen... treed binnen in de geheiligde tempel van ons genootschap.'
'Door wie?'
Michel-Jan keek hem niet-begrijpend aan.
'Wat bedoelt u?'
'Door wie is deze tempel geheiligd?'
Michel-Jan klopte met zijn rechtervuist op zijn borst, zijn bruine ogen lichtten op.
'Door mij... door mij... de ontdekker van de universele kracht van de Tien Geboden.'
De Cock slofte achter hem aan door een lange brede gang, die eindigde in een imposante zaal met een hoge zoldering. Gedempt licht uit een serie fraaie kroonluchters gaf aan de zaal een sfeer van intieme mystiek.
Michel-Jan zwaaide om zich heen.
'Voelt u zich al thuis?'

De Cock antwoordde niet. Hij keek de jongeman nog eens aan. Michel-Jan droeg een zwarte pantalon met een zwarte blouse, die hooggesloten eindigde in een stijve witte boord.
'Heeft... eh, heeft iemand u al bericht van de dood van Simon de Mirambeau?'
Michel-Jan van Nimwegen sloeg een hand voor zijn gezicht.
'Dood... is De Mirambeau dood?'
De Cock knikte traag.
'Vermoord.'
Michel-Jan keek hem peinzend aan.
'Hoe?'
'Op dezelfde manier als uw vader.'
'Doodgebloed?'
'Precies.'
Michel-Jan schudde zijn hoofd.
'Verschrikkelijk.'
De Cock fronste zijn wenkbrauwen.
'Ik... eh, ik heb het idee dat zijn dood u schokt.'
Michel-Jan knikte.
'Ik heb die man van de moord op mijn vader beschuldigd. Ik besef nu dat mijn beschuldiging wel een hele smalle basis had.'
De Cock glimlachte.
'Uw verdwenen sleutel.'
'Mijn reactie was te emotioneel... niet doordacht, en dom. Door uw bericht van zijn dood komen gevoelens van spijt bij mij boven.'
De Cock boog zich iets naar hem toe.
'Tijdens ons eerste onderhoud zei u, dat u had ervaren dat Simon de Mirambeau een hekel aan uw vader had.'
'Ja.'
De oude rechercheur keek naar de jongeman op.
'Ik vroeg vervolgens naar een mogelijk motief en u antwoordde toen: *geen idee*. Ik heb dit onderwerp destijds niet verder uitgediept, maar ik had de overtuiging dat u wel degelijk wist waarom Simon de Mirambeau een hekel aan uw vader had.'
Michel-Jan van Nimwegen glimlachte.
'U bent toch een beter mensenkenner dan ik u had ingeschat. Het is juist, dat ik wel degelijk de reden kende waarom Simon

de Mirambeau het gedrag van mijn vader verafschuwde.'
'Waarom dan dat antwoord... *geen idee?*'
Michel-Jan reageerde niet direct.
'Ik heb... eh, ik heb,' antwoordde hij aarzelend, 'ik heb een aspect van mijn vader voor u willen verzwijgen...'
De Cock trok zijn gezicht strak.
'Welk aspect?' vroeg hij streng.
Michel-Jan van Nimwegen zuchtte diep.
'Vader was biseksueel.'
De Cock knikte begrijpend.
'Hij hield niet alleen zielsveel van vrouwen, maar ook van mannen.'
'Juist.'
'En Simon de Mirambeau was homofiel.'
'Ja.'
De Cock stak zijn kin iets omhoog.
'Voelde Simon de Mirambeau zich tot hem aangetrokken en weigerde uw vader elke toenadering?'
Michel-Jan schudde zijn hoofd.
'Dat was het niet.'
'Wat was het wel?'
Michel-Jan wees voor zich uit naar een lange tafel met houten stoelen in het front van de zaal.
'Zullen we daar even gaan zitten?'
De Cock knikte en volgde hem. Via een breed middenpad liepen ze langs rijen ongemakkelijke kerkbanken naar voren.
Michel-Jan gebaarde naar de tafel.
'Hier zitten tijdens onze diensten de aristocraten.'
'Aristocraten?'
Michel-Jan knikte.
'De aanzienlijken van ons genootschap... mensen die de Broeders en Zusters van de Tien Geboden alert houden en hen aanmoedigen om hun geloof gloedvol uit te dragen. Als u tot ons genootschap toetreedt, krijgt u een plaats aan deze tafel.'
De Cock negeerde het aanbod.
'Ik vroeg u naar de controverse tussen Simon de Mirambeau en uw vader.'

Michel-Jan besloot opening van zaken te geven.
'De Mirambeau had een vriend... een flinke, goedgebouwde jongeman. In de tijd dat ik nog bij de kliniek werkte, vertelde Simon de Mirambeau mij dikwijls dat hij in veel opzichten plezier aan dat jongmens beleefde. Zo drukte hij zich uit. Hij sprak altijd van *dat jongmens*.'
Michel-Jan liet zich hoofd iets zakken.
'Nu schijnt mijn vader te hebben geprobeerd om dat jongmens voor zich te winnen.'
De Cock grijnsde.
'Dat kon De Mirambeau niet appreciëren.'
'Dat is een understatement. Simon de Mirambeau was woedend... furieus. Hij dreigde mijn vader te vermoorden als hij opnieuw toenadering zocht. Ik heb die afschuwelijke ruzie tussen die twee in de kliniek meegemaakt. Ongewild. Het was een explosie van pure haat. Dat was ook de reden dat ik bij de moord op mijn vader onmiddellijk aan De Mirambeau dacht.'
De Cock knikte begrijpend.
'Dat jongmens, waaraan Simon de Mirambeau zoveel plezier beleefde en waarin uw vader was geïnteresseerd, hebt u die wel eens ontmoet?'
'Een paar maal. Hij kwam een enkele keer naar de kliniek. De Mirambeau heeft hem eens aan mij voorgesteld.'
'Herinnert u zich nog zijn naam.'
Michel-Jan knikte.
'Rudolf... Rudolf Akersloot.'
De Cock kon een reactie van verbijstering nauwelijks onderdrukken.
'Rudolf... Rudolf Akersloot?' stamelde hij.
'Inderdaad.'
De Cock liet opgekropte lucht uit zijn longen ontsnappen.
'Waar... waar kan ik hem vinden?'
Michel-Jan stond op en wees naar de lege banken voor zich in de zaal.
'Daar... Rudolf Akersloot heeft zich tot de Tien Geboden bekeerd.'

10

Rond de klok van zeven uur slofte De Cock in zijn zo typische slenterpas over het trottoir van de Linnaeusparkweg naar de woning van Simon de Mirambeau. Er viel een zacht, verkwikkend regentje, dat de hitte van de laatste weken iets verkoelde. De Cock schoof zijn oude hoedje ver naar achteren en liet de regendruppels speels over zijn gezicht dartelen.
Toen hij de woning van Simon de Mirambeau naderde, trof hij enige meters van de toegangsdeur verwijderd de oude dactyloscoop Ben Kreuger en Dick Vledder. De jonge rechercheur keek de toelopende grijze speurder verwonderd aan.
'Hoe... eh, hoe ben je hier gekomen?'
'Hoe bedoel je?'
'Ik had onze Golf bij me.'
De Cock grijnsde.
'Daarom heb ik mij,' riep hij opgewekt, 'in het door ons zo bekritiseerde openbaar vervoer gestort. Op het Stationsplein ben ik in de tram gestapt. Lijn 9 bracht mij... zonder te zijn mishandeld of bedreigd... naar de Middenweg en vandaar ben ik naar hier gewandeld.'
Vledder reageerde niet op de kanttekeningen van zijn oudere collega.
'Ben je vanmiddag nog op de Brouwersgracht bij Michel-Jan van Nimwegen geweest?'
'Ik ben door hem ontvangen in de fraaie tempel van de Broeders en Zusters van de Tien Geboden.'
Vledder keek hem schattend aan.
'Ben je lid geworden?'
'*Ik* niet.'
'*Jij* niet?'
'Nee, nee, ondanks een genereus aanbod van Michel-Jan, die mij tot aristocraat van het genootschap wilde benoemen, ben *ik* geen lid geworden.'

Vledder keek hem wat onzeker aan.
'Wie... eh, wie werd wél lid?'
De Cock hield even in voor het effect.
'Rudolf Akersloot.'
Vledder reageerde verrast.
'Rudolf Akersloot?' Herhaalde hij.
'Ja.'
'Je meent het?'
De Cock knikte.
'Volgens Michel-Jan van Nimwegen is zijn bekering een serieuze zaak. Als we willen, kunnen we hem tijdens de volgende bijeenkomst van het genootschap arresteren.'
De oude rechercheur pauzeerde even, veranderde van onderwerp.
'Overigens, mijn welgemeende complimenten.'
'Waarmee?'
'Jouw opmerking vanmiddag, dat Henry van Nimwegen mogelijk een promiscue levenswandel had.'
Vledder keek hem argwanend aan.
'Wat is er met die opmerking?'
'Volgens zijn zoon was Henry van Nimwegen biseksueel. Michel-Jan had dat voor ons willen verzwijgen... als niet terzake dienende. De reden dat De Mirambeau een hekel aan Henry had, lag in het feit dat Henry als biseksueel toenadering zocht tot Rudolf Akersloot, destijds nog de vriend van de homofiel Simon de Mirambeau.'
Vledder glunderde.
'Allemachtig, dat wordt interessant. Rudolf Akersloot kon wel eens een sleutelfiguur in ons onderzoek worden. Met reeds een moord op zijn...'
Ben Kreuger interrumpeerde wat driftig.
'Zeg, ik heb niet eeuwig de tijd. Als jullie lopende zaken en beslommeringen willen bespreken, doe dat dan buiten mij om. Ik wil hier naar binnen om mijn werk te doen.'
De Cock keek hem aan.
'Heeft jouw onderzoek op de Herengracht nog wat opgeleverd?'
Ben Kreuger schudde zijn hoofd.

'Ik heb vanmiddag op Westgaarde, voordat dokter Rusteloos met zijn secties begon, de vingerafdrukken van de slachtoffers genomen. In dat pand aan de Herengracht heb ik alleen greepjes gevonden van Henry van Nimwegen en van zijn zoon Julius. Verder waren er een paar vingerafdrukken die ik heb kunnen verifiëren met die van een bejaard man van een schoonmaakbedrijf. We hadden hem nog in ons bestand voor een diefstalletje lang geleden.'
De Cock trok een denkrimpel in zijn voorhoofd.
'Een schoonmaakbedrijf?'
De dactyloscoop knikte.
'Zoon Julius had die grote bloedplas in de woonkamer door een schoonmaakbedrijf laten verwijderen. Hij zei dat hij die plek niet langer kon aanzien. Het bloed begon volgens hem ook te stinken.'
De Cock knikte begrijpend.
Daarna liep hij op de deur van de woning van Simon de Mirambeau toe, pakte het apparaatje met de vele sleutelbaarden en binnen luttele seconden had hij deur van het slot. Hij ging naar binnen, in zijn kielzog volgden Vledder en Ben Kreuger. Toen die twee binnen waren liep de oude rechercheur terug naar de deur en sloot die slotvast af.

De Cock deed het licht in de hal en de smalle gang niet aan. Eerst in de woonkamer met de gesloten gordijnen ontstak hij alle lichten. Een grote plas geronnen bloed gaf op lugubere wijze de plek aan waar Simon de Mirambeau de dood had gevonden.
De dactyloscoop vermorste geen tijd. Hij opende zijn aluminium koffertje, nam daaruit een zachte kwast van dassenhaar en een potje met aluminiumpoeder. Geduldig begon hij de deurstijlen in te kwasten.
Na een poosje hield hij op en gromde.
'Wat een bende. Hier is in jaren geen doek met zeepsop overheen gekomen. Had die man geen werkster... ik bedoel, geen interieurverzorgster?'
De Cock trok zijn schouders op.

'Ik heb dat niet onderzocht,' antwoordde hij grijnzend.
Ben Kreuger zwaaide naar de deurstijlen.
'Alles is moddervet. Er is geen greepje, geen vingerafdruk te vinden. Ik kwast alleen maar vegen en strepen.'
De Cock bekeek de deurstijlen en knikte.
'Probeer het eens in de keuken.'
Ben Kreuger snoof.
'Denk je dat het daar beter is?'
'Dat denk ik.'
De dactyloscoop liep mopperend achter De Cock aan.
Zoals de grijze speurder al eerder had opgemerkt, zag de keuken er, in tegenstelling tot de woonkamer, proper uit. Op het aanrecht stonden nog de twee wijnglazen.
Ben Kreuger bekeek ze aandachtig.
'Die zijn pijnlijk schoon.'
'Dat meende ik al,' antwoordde De Cock.
Plotseling greep de grijze speurder Ben Kreuger bij de arm en leidde hem met enige dwang terug naar de woonkamer. Daar deed De Cock alle lichten uit.
Ben Kreuger gromde.
'Wat is er?' Vroeg hij kwaad.
'Er is iemand aan de deur.'
Na enig gerommel klonken er voetstappen in de smalle gang. De Cock duwde Ben Kreuger en Vledder naast de kamerdeur tegen de wand. Hij koos bij dergelijke gelegenheden altijd de scharnierzijde van een deur. Het was de beste plek om een indringer te verrassen.
De deur ging langzaam open. Een moment later brandde het licht in de kamer. Toen de indringer enige meters, niet ver van de bloedplas verwijderd, in de kamer stond, klapte De Cock de kamerdeur met kracht dicht.
Een kleine, wat gedrongen man, draaide zich verschrikt om. In een reflex stak hij zijn armen omhoog. Na enkele seconden liet hij die weer zakken.
'Wat... eh, wat doet u hier,' stamelde hij.
De oude rechercheur stapte op hem toe en nam beleefd zijn hoedje af.

‘Mijn naam is De Cock,’ sprak hij vriendelijk. ‘De Cock met... eh, ceeooceekaa. Ik ben als rechercheur van politie verbonden aan het aloude politiebureau in de Warmoesstraat.’ Hij duimde over zijn schouder. ‘De beide heren zijn de rechercheurs Vledder en Kreuger. Respectievelijk mijn jonge collega en een al wat rijpere dactyloscoop.’

‘Wat doet u hier?’ herhaalde de man.

Zijn stem klonk hoog, met een angstige ondertoon.

De Cock gebaarde naar de plas bloed.

‘Wij onderzoeken de moord op Simon de Mirambeau.’

De man verbleekte.

‘Is Simon dood?’ vroeg hij hees.

De Cock knikte.

‘En wie bent u?’

‘Jan... Jan ter Broeke.’

De Cock keek de man strak aan.

‘Hoe kwam u hier binnen?’

‘Ik heb een sleutel van deze woning.’

‘Waarom?’

‘Wat bedoelt u?’

‘Waarom hebt u toegang tot deze woning?’

‘Ik ben... eh, ik was een vriend van Simon.’

‘U bent zijn... eh, zijn lief klein krekeltje.’

Het gezicht van Jan ter Broeke versomberde.

‘Ik was niet zo blij met deze aanduiding, maar Simon noemde mij inderdaad zo.’

‘Waar was u gisteren en vannacht.’

Jan ter Broeke gebaarde.

‘In Parijs. Ik zit in de haute couture. Ik ontwerp dameskleding... modieuze dameskleding. Ik heb in Parijs met een paar modellen geshowd.’

De Cock spreidde zijn handen.

‘De dames kunnen uw alibi bevestigen?’

De kleine man ontstak in woede.

‘Alibi,’ brulde hij. ‘Wat bazelt u over een alibi? Ik heb geen alibi nodig. Ik ben geen moordenaar. Ik heb mijn vriend Simon de Mirambeau niet vermoord!’

De Cock keek hem onbewogen aan.
'Wie wel?'
Jan ter Broeke snoof.
'Moet ik u daarbij helpen?' riep hij met een hoge stem vol sarcasme. 'Jullie hebben bij de politie toch een archief... zo'n archief waar alles in staat? Duik eens in dat archief en vind de man die al eens een kille moord pleegde omdat zijn vriend een ander prefereerde.'
De Cock stak zijn kin naar voren.
'Rudolf Akersloot.'
Jan ter Broeke keek hem minachtend aan.
'Als u alles al weet, waarom vraagt u mij dan om een alibi?'
De Cock trok zijn gezicht strak.
'Weet ik alles?'
Jan ter Broeke zuchtte diep. Hij wees aarzelend naar de grote plas bloed.
'Ik verwachtte iets dergelijks, al enige dagen,' sprak hij somber. 'Rudolf Akersloot heeft Simon de Mirambeau ruim een week geleden bezworen dat hij hem koud zou maken. Reken daar maar op, dreigde hij. Ik heb al eens een moord gepleegd... om dezelfde redenen.'

Toen Ben Kreuger zijn werk in de woning van Simon de Mirambeau had voltooid en zichtbaar teleurgesteld had bericht dat hij geen bruikbare dactyloscopische vondsten had gedaan, reden De Cock en Vledder in hun oude Golf vanaf de Linnaeusparkweg terug naar de Kit.
Het regende nog steeds en Vledder zette de ruitenwissers aan. Vrijwel onmiddellijk liet De Cock zich onderuitzakken en schoof zijn oude hoedje tot op de rug van zijn neus. Zoals steeds ontweek de oude rechercheur de gang van de zwiepende ruitenwissers. Hij wist uit ervaring dat hij anders de bladen gehypnotiseerd met zijn ogen bleef volgen tot zijn gepijnigde nekspieren het begaven.
Vledder lachte hartelijk.
'Je moet er niet naar kijken,' adviseerde hij. 'Dat is stom. Ga eens naar je huisarts en vraag om advies. Volgens mij is het een fobie.'

De Cock negeerde de opmerking. Hij drukte zich weer iets omhoog.
'Hoe waren de secties op Westgaarde?'
Vledder gebaarde nonchalant voor zich uit.
'Niets bijzonders. Dokter Rusteloos was gauw klaar... sneller dan gewoonlijk. Hij heeft van beide slachtoffers lijkdelen genomen voor een toxicologisch onderzoek.'
De Cock gromde.
'Wat zei dokter Rusteloos van de genezen wond aan de arm van Simon de Mirambeau?'
'Ernstig. Rusteloos heeft de littekens en de beschadigingen van het spierweefsel teruggevonden. Hij kwalificeerde de genezen wond juridisch bezien als een vorm van ernstige mishandeling. Hij zou dat ook in zijn sectierapport laten opnemen.'
De Cock glimlachte.
'Hebben we dus een ronde zaak tegen Van Loppersum.'
Vledder snoof.
'Dat interesseert mij niets. Ik wil die twee moorden oplossen.'
De Cock veinsde verbazing.
'Niet via Jacques van Loppersum? Ik dacht dat jij hem als een ideale verdachte zag?'
Vledder trok zijn mond strak.
'Ik ben voorlopig meer geïnteresseerd in de ex-vriend van Simon de Mirambeau. Nu we de relatie kennen tussen Rudolf Akersloot en de slachtoffers Henry van Nimwegen en Simon de Mirambeau, richt ik het vizier liever op hem. Vooral omdat hij in het verleden al eens heeft bewezen tot moord in staat te zijn.'
De jonge rechercheur blikte opzij.
'Wanneer is de volgende bijeenkomst van het genootschap van de Broeders en Zusters van de Tien Geboden?'
De Cock schudde zijn hoofd.
'Er is nog geen datum vastgesteld. Michel-Jan van Nimwegen heeft beloofd mij tijdig te berichten.'
Vledder fronste zijn wenkbrauwen
'Moeten wij daarop wachten? Ik bedoel, kunnen we niet direct al tot actie overgaan.'
De Cock schoof zijn hoedje terug en keek hem van terzijde aan.

‘Ken jij zijn adres?’
Vledder reageerde geïrriteerd.
‘Daar is toch achter te komen,’ snauwde hij. ‘We kunnen toch niet met onze armen over elkaar blijven zitten wachten tot hij een nieuwe moord pleegt?’
De Cock schudde zijn hoofd.
‘Het is niet zo eenvoudig,’ formuleerde hij voorzichtig, ‘om de verblijfplaats van Rudolf Akersloot te achterhalen. Hij staat bij het bevolkingsregister nog ingeschreven op het adres van Simon de Mirambeau. Vermoedelijk is hij inmiddels weer bij een of andere nieuwe vriend of kennis ingetrokken. En zoek dat maar eens even snel uit.’
‘Kende Michel-Jan van Nimwegen zijn adres niet?’
‘Nee.’
‘Heb je het hem gevraagd?’
De Cock reageerde wat gepikeerd.
‘Uiteraard. Ik had gehoopt dat Michel-Jan de adressen van zijn bekeerlingen noteerde.’
Vledder snoof verachtelijk.
‘Rudolf Akersloot bekeerd tot het genootschap van de Broeders en Zusters van de Tien Geboden... wat een farce!’
Zijn stem droop van sarcasme.
‘Die bekering is fake, camouflage, een truc om ons zand in de ogen te strooien.’
De oude rechercheur negeerde de zwiepende ruitenwissers. Hij ging recht overeind zitten en boog zich iets naar Vledder toe.
‘Waarom zo geïrriteerd?’ vroeg hij belangstellend. ‘Zo kriegelig en obstinaat?’
Vledder gromde.
‘Ik wil deze zaak eindelijk wel eens oplossen.’
‘Hoe?’
‘Met een arrestatie.’
De Cock keek hem schuins aan.
‘Een arrestatie?’
‘Ja. Een arrestatie.’
‘Van wie?’
‘Rudolf Akersloot.’

'Heeft die man enige medische kennis?'
Vledder reageerde fel.
'Is dat voor jou een voorwaarde?'
'Ik ben ervan overtuigd,' antwoordde De Cock kalm, 'dat de constructie van deze twee moorden wijst in de richting van een dader met enige medische kennis. Verwacht jij enige medische kennis bij Rudolf Akersloot?'
'Hij is geruime tijd bevriend geweest met Simon de Mirambeau. Het is niet denkbeeldig dat hij die medische kennis bij hem heeft opgedaan,' probeerde Vledder.

Vledder parkeerde de Golf op de houten steiger achter het politiebureau. Ze stapten uit en sjokten via de Oudebrugsteeg naar de Warmoesstraat. Toen ze de hal binnenstapten, wenkte Jan Rozenbrand De Cock met een kromme vinger.
De oude rechercheur maakte zich breed, stak zijn kin in de lucht en stapte op de balie toe.
De wachtcommandant bracht afwerend zijn armen omhoog.
'Ik weet het,' sprak hij lachend, 'als ik weer een nieuwe moord voor je heb, ga je gillen.'
'En... moet ik gillen?'
Jan Rozenbrand schudde zijn hoofd.
'Boven op de bank zit een man op je te wachten... een vreemde man met een merkwaardig, bijna mismaakt gezicht... of hij een operatie heeft ondergaan.'
'Jacques van Loppersum.'
De wachtcommandant raadpleegde een notitie op zijn bureau.
'Inderdaad... Jacques van Loppersum.'
De Cock wendde zich tot Vledder.
'Weet je nog het beroep van Van Loppersum?'
'Volgens Peter van Houten was hij neuroloog.'
'En weet je wat een neuroloog is?'
'Peter van Houten heeft er destijds wel iets over gezegd, naar dat ben ik kwijt.'
De Cock grijnsde.
'Een neuroloog is een *medische* specialist die de neurologie beoefent.'

Vledder knikte traag.
'Je bedoelt dat hij voldoet aan jouw voorwaarde... een dader met voldoende medische kennis om de vreemd geconstrueerde moorden te kunnen plegen.'
De Cock stak zijn wijsvinger omhoog.
'Een man bovendien, met een motief.'
Vledder wees naar Jan Rozenbrand.
'Zullen we de wachtcommandant vragen om alvast een cel voor hem te reserveren?'
De jonge rechercheur wachtte het antwoord niet af. Hij ontweek de verwijtende blik van De Cock en stormde de trap op naar de tweede verdieping.

11

Het gezicht van de man die naast het bureau van De Cock was gaan zitten, zag er verschrikkelijk uit. Zijn ogen vormden geen horizontale lijn meer. Het linkeroog stond zeker een centimeter lager dan zijn rechteroog. Zijn neus was op vrijwel dezelfde manier vervormd. De linkerneusvleugel was onderuitgezakt waardoor de neus leek scheef te staan. Ook de mond had opvallende veranderingen ondergaan.
De Cock vroeg zich af welke dwaze handelingen de chirurg Henry van Nimwegen aan het gezicht van de man had verricht... waar hij de huid verkeerd had opgelicht. De stoppelige wenkbrauwen vormden nog wel een vrijwel rechte horizontale lijn. Maar onder die lijn waren er geen normale gelaatstrekken meer te onderscheiden.
De oude rechercheur keek de man aan en schudde zijn hoofd.
'Als men mij dit had aangedaan,' sprak hij fel, 'pleegde ik een moord... misschien wel twee.'
De man lachte met een scheve mond.
'Dat zegt een man die de wet moet handhaven?'
'Ik meen het.'
De man keek naar hem op.
'U weet wie ik ben?'
De Cock knikte.
'Jacques van Loppersum.'
'Die naam staat in mijn paspoort, maar de foto in dat paspoort klopt al maanden niet meer.'
De Cock schudde opnieuw zijn hoofd.
'De chirurgen van de kliniek van de Helende Meesters hebben u wel toegetakeld. Mensen nog aan toe, wat een stelletje klunzen.'
Jacques van Loppersum grinnikte.
'De naam Helende Meesters is een pure misleiding. Ze zijn geen Meesters en ze Helen niet.'
'Van uw gezicht hebben ze een puinhoop gemaakt.'

Jacques van Loppersum wuifde het onderwerp weg.
'Ik sta niet gesignaleerd... mijn opsporing wordt niet verzocht.'
De Cock keek verrast op.
'Hoe weet u dat?'
'Een officier van justitie, mijn vriend meester Weishuizen, heeft dat voor mij geïnformeerd. En eerlijk gezegd... dat verbaast mij.'
'Waarom?'
Jacques van Loppersum grinnikte vreugdeloos.
'De heren van de kliniek van de Helende Meesters zullen u wel uitvoerig over mij hebben ingelicht. En ik neem aan dat ze geen rooskleurig beeld van mij hebben opgehangen.'
De Cock knikte instemmend.
'Het was inderdaad geen rooskleurig beeld. Integendeel. U werd geschetst als een koppige woesteling. Uw woede-uitbarstingen over hun mislukte ingrepen zijn mij bekend. U hebt Henry van Nimwegen met een mes bedreigd en u hebt de chirurg Simon de Mirambeau een messteek toegebracht, die door onze patholoog-anatoom dokter Rusteloos als een vorm van zware mishandeling werd gekwalificeerd.'
De oude rechercheur pauzeerde even.
'Die feiten,' ging hij rustig verder, 'kan ik niet verdoezelen. Ze zijn uit ons onderzoek naar de moorden op de chirurgen naar voren gekomen. U zult zich te zijner tijd over deze zaken bij de rechter moeten verantwoorden.'
Jacques van Loppersum knikte.
'Terecht. Het was dom wat ik heb gedaan... uiterst dom. Dat zie ik nu wel in. Ik zal dat tijdens de terechtzitting ruiterlijk bekennen.'
'Dat lijkt mij zinvol.'
Jacques van Loppersum wees naar zijn gelaat.
'Ik zal een vergroting van mijn pasfoto laten maken en de heren rechters mijn mismaakt gelaat laten zien. Misschien hebben ze begrip.'
De Cock trok zijn schouders op.
'Ik heb van het begrip van de heren rechters altijd weinig begrepen. Hun strafmaathantering vertoont naar mijn gevoel vaak overeenkomsten met de Staatsloterij.'

Jacques van Loppersum lachte vrijuit. Op zo'n moment was zijn mismaakt gezicht zelfs sympathiek.
'Waarom hebt u mij niet voor de moorden op Henry van Nimwegen en Simon de Mirambeau gesignaleerd, pogingen gedaan om mij te arresteren...'
De oude rechercheur trok zijn gezicht in een ernstige plooi.
'We hebben wel pogingen gedaan om met u in contact te komen.'
Hij wees naar Vledder.
'Mijn jonge collega heeft diverse malen uw huis gebeld. De hoorn werd nooit opgenomen.'
'Dat klopt. Om mijzelf te ontvluchten ben ik naar België gereisd... naar Gent. Ik heb daar enige dagen in een hotel doorgebracht en lange wandelingen gemaakt. Tijdens die wandelingen is bij mij het besef gegroeid, dat ik toch alles aan mijzelf had te wijten. Ik was niet tevreden met mijn uiterlijk... ik zag met afgrijzen het klimmen der jaren en de aftakeling die daarmee gepaard gaat. Dat wilde ik niet accepteren.'
De Cock keek hem secondenlang aan.
'Een prachtige zelfanalyse.'
Jacques van Loppersum grijnsde droevig.
'Ik denk nu ook milder over die minkukels van de kliniek van de Helende Meesters. Ik ben meer met mijzelf in balans. De verminking van mijn gelaat heb ik geaccepteerd. Wie niet geleerd heeft om oud te worden, heeft nooit geleefd. Die gedachte dank ik aan Gent... een prachtige stad.'
De Cock knikte.
'Enkele jaren geleden heb ik daar een onderzoek gedaan.'* Ik hoop er nog eens terug te komen.'
Jacques van Loppersum trok een denkrimpel in zijn niet-vervormde voorhoofd.
'Ik heb geen antwoord van u gekregen op de vraag waarom u mij niet in verband hebt ebracht met die twee moorden... dat lag toch voor de hand?'
De Cock glimlachte.

* zie *De Cock en tranen aan de Leie*

'Mijn jonge collega sprak zelfs het vermoeden uit, dat ik u in bescherming nam.'
'Was dat zo?'
De Cock schudde zijn hoofd.
'Als rechercheur neem je onschuldigen in bescherming, niet iemand die schuldig is.'
Jacques van Loppersum zwaaide geëmotioneerd.
'Ik had toch een motief... kijk naar mijn gezicht. U zei het zelf: als men mij dit had aangedaan, pleegde ik een moord, misschien wel twee.'
De Cock glimlachte fijntjes.
'Dat was in feite een ultieme poging om u een bekentenis te ontlokken.'
De oude rechercheur keek even naar de reactie in de ogen van de man en wuifde toen de opmerking weg.
'Wanneer,' ging hij voorzichtig formulerend verder, 'uw domme onbesuisde aanvallen op Henry van Nimwegen en Simon de Mirambeau in en nabij de kliniek van de Helende Meesters waren gelukt, en u had beiden om het leven gebracht, dan had ik u beslist voor moord gearresteerd.'
'Voor moord?'
De Cock knikte.
'Absoluut. Ik neem niet aan dat het uw gewoonte is om dagelijks met een slagersmes op pad te gaan. De aanschaf van dat mes zou ik als een vorm van *voorbedachte rade* hebben gekwalificeerd.'
Jacques van Loppersum schudde zijn hoofd.
'Toch begrijp ik het niet. Ondanks alles wat u over mij hebt vernomen, hebt u geen enkele poging gedaan om juridisch gezien iets tegen mij te ondernemen.'
De Cock glimlachte.
'U bent een impulsief man, spontaan, wellicht ongeremd, maar tot een kille, goed voorbereide moord acht ik u niet in staat.'
'Waarom niet?'
De Cock trok een ernstig gezicht.
'De moorden op Henry van Nimwegen en Simon de Mirambeau vereisten een man of vrouw met een andere karakterstruc-

tuur... geen man of vrouw die openlijk onstuimige woede-uitbarstingen toont.'
Jacques van Loppersum knikte begrijpend.
'Wat is het profiel van de dader die u zoekt?'
De Cock zuchtte.
'Zo'n daderprofiel blijft toch nattevingerwerk. Ik ben in mijn lange carrière als rechercheur dikwijls voor verrassingen komen te staan... dat een dader eigenschappen bleek te bezitten die ik niet in hem had gezocht of verwacht.'
'U hebt mij uitgelegd waarom ik niet in uw daderprofiel pas. Wie past daar wel in?'
'In mijn onderzoek is nog niemand naar voren gekomen die daarin past. Ik ben er alleen van overtuigd, dat de dader iemand is die het vertrouwen van de slachtoffers genoot... een man of vrouw voor wie men geen argwaan koesterde. Het lijkt alsof de beide slachtoffers zich bijna blijhartig aan hun moordenaar of moordenares hebben overgegeven... zonder enig verweer.'
De oude rechercheur schudde geprikkeld zijn hoofd.
'Dat steekt me... dat gaat mijn begrip te boven. Wie laat zich gewillig afslachten? Daarom schat ik dat de dader een uiterst sluwe man of vrouw is, die lang over zijn of haar acties heeft nagedacht. De moorden zijn koel en weloverwogen uitgevoerd. Verder schat ik dat de dader begiftigd is met enige medische kennis.'
'Medische kennis?'
De Cock knikte.
'Dat lijkt mij een vereiste.'
Jacques van Loppersum boog zich iets naar De Cock toe.
'Er was,' sprak hij vertrouwelijk, 'in de kliniek van de Helende Meesters een man, die volgens mij volkomen past in uw daderprofiel... een man die blijkbaar van eenieder in de kliniek het volle vertrouwen genoot. Hij had het voorkomen van een Engelse lord. Ik bedoel, lang, slank, gedistingeerd. Om zijn lippen zweefde bijna voortdurend een hautaine glimlach... een man ook van precieze bewegingen.'
De Cock luisterde geboeid.
'Hij werkte op de kliniek?'

Jacques van Loppersum knikte.
'Hij was een van de chirurgen van de kliniek van de Helende Meesters en volgens verhalen van patiënten in de wachtkamer... de beste van de vier.'
'Hebt u zijn naam wel eens horen noemen?'
Jacques van Loppersum knikte opnieuw.
'Marcel van Diemen.'

Toen De Cock de volgende morgen de grote recherchekamer binnenstapte, keek Vledder omhoog naar de klok boven de toegangsdeur.
'Je bent bijna op tijd!' riep hij juichend. 'Beginnen mijn opmerkingen over het te laat op het bureau komen, jou toch te raken?'
De Cock wierp zijn oude hoedje missend naar de kapstok. Daarna wurmde hij zich uit zijn oude regenjas en raapte zijn hoedje op. Slenterend liep hij op Vledder toe.
'Zei je wat?'
Vledder knikte.
'Je bent bijna op tijd. Ik vroeg mij af of mijn opmerkingen over jouw voortdurend te laat komen, vruchten beginnen af te werpen.'
De Cock liet zich in de stoel achter zijn bureau zakken en schudde zijn hoofd.
'Het hulpje van mijn vrouw was wat vroeg... te vroeg. Wanneer men thuis met een dreunende stofzuiger gaat lopen sleuren en driftig met boenders en stofdoeken gaat zwaaien, dan vlucht ik liever.'
'Daarom ben je zo vroeg.'
'Precies. Het is een vlucht en geen intentie om vandaag eens op tijd te zijn.'
Vledder gebaarde naar de telefoon.
'Ik heb vanmorgen naar het gerechtelijk laboratorium in Rijswijk gebeld om te vragen of ze al iets konden zeggen over het toxicologisch onderzoek op de lijkdelen van de beide slachtoffers.'
'En?'
Vledder grijnsde.

'Ik werd uitgelachen.'
De Cock grinnikte.
'Ik begrijp waarom... een toxicologisch onderzoek doet men niet in een vloek en een zucht. Dat vergt tijd... zeker als men niet weet naar welk vergif of verdovend middel men moet zoeken.'
Vledder keek hem beteuterd aan.
'Dat had men mij toch kunnen zeggen in plaats van mij uit te lachen. Dat was zo kleinerend.'
'Ik had ook gelachen.'
Vledder ging op een ander onderwerp over.
'Naar aanleiding van de opmerking van Jacques van Loppersum gisteravond, dat Marcel van Diemen voldeed aan het daderprofiel dat jij schetste, heb ik de verklaring van Marcel van Diemen nog eens nagelezen. Wist je... Marcel van Diemen liep met moordplannen rond.'
De Cock knikte.
'Ten aanzien van Henry van Nimwegen. Zeker niet ten aanzien van Simon de Mirambeau. De Mirambeau was volgens hem een sociaal voelend mens... een troubleshooter, die de kliniek voor veel ellende met ontevreden patiënten had behoed.'
'Hij kan toch van mening zijn veranderd?' riep Vledder geprikkeld. 'Iemand die met moordplannen rondloopt en daar zo openlijk voor uitkomt, is volgens mij tot een moord in staat... misschien wel tot twee.'
'Voor Henry van Nimwegen had Marcel van Diemen meerdere motieven... de man had zijn vrouw gekaapt en door zijn gedrag vormde Van Nimwegen een bedreiging voor de kliniek. Een motief voor Simon de Mirambeau ontbreekt.'
Het gezicht van Vledder betrok.
'Toch kan ik mij wel in de gedachte van Jacques van Loppersum verplaatsen. Weet jij nog wat jij op een zeker ogenblik tegen Marcel van Diemen hebt gezegd... *u zit tot aan uw nekharen vol frustraties en complexen*.'
De Cock lachte.
'Ik denk dat ik gelijk had.'
Vledder knikte.

'Zo'n man is volgens mij tot alles in staat. Het zou mij echt niet verba...' Hij stokte plotseling en sloeg zijn rechterhand voor zijn mond. 'Ik ben wat vergeten. Jij moet bij Buitendam komen.'

Commissaris Buitendam, de lange statige chef van het politiebureau aan de Amsterdamse Warmoesstraat, wenkte met een slanke hand naar de stoel voor zijn bureau.
'Ga zitten, De Cock,' sprak hij geaffecteerd. 'Ik wil met je praten.'
Rechercheur De Cock nam wat onwillig plaats. Wanneer commissaris Buitendam hem ontbood, bezag hij hem steeds met argwaan. Hij had geen hekel aan zijn commissaris, dat niet. Zolang de politiechef de gang van zaken ongemoeid liet, was de verhouding zelfs vriendschappelijk te noemen. De botsingen ontstonden wanneer de commissaris, meest onder druk van de officier van justitie, meende dat het gedrag van De Cock enige correctie behoefde. Eerst dan werd hij opstandig en onhandelbaar en soms zelfs onredelijk.
De grijze speurder keek zijn chef achterdochtig aan.
'Waarover?'
Commissaris Buitendam trok zijn gezicht strak.
'Over jouw uitlatingen.'
De Cock fronste zijn wenkbrauwen.
'Mijn uitlatingen?' reageerde hij verbaasd.
Commissaris Buitendam knikte.
'Ik ben gisteravond gebeld door meester Weishuizen, de officier van justitie. Jij hebt tegenover een kennis van hem gezegd, dat jij de rechtspleging in ons land... de hantering van de strafmaat... vergeleek met een loterij.'
'En?'
Commissaris Buitendam kuchte.
'Meester Weishuizen,' sprak hij plechtig, 'achtte dat een belediging van ons rechtsbestel... de rechtshandhaving in ons land. Dergelijke uitlatingen passen volgens hem niet in het gedrag van een rechtshandhaver. Hij vroeg mij jou daarover te berispen.'
De Cock lachte.

'Hebt u,' vroeg hij grinnikend, 'de strafmaat voor vergelijkbare delicten wel eens bekeken? Er is geen touw aan vast te knopen... er is gewoon geen lijn in te ontdekken. Het heeft inderdaad veel weg van een loterij... voor welk rechtscollege komt men als dader terecht? Dat kan jaren schelen.'
Commissaris Buitendam kwam uit zijn stoel overeind.
'Ik wil dat begrip loterij,' sprak hij streng, 'in verband met de rechtspleging in ons land niet meer horen.'
De Cock grijnsde.
'Mag ik daar geen mening over hebben?'
Commissaris Buitendam snoof.
'Ik kan je het hebben van een mening niet verbieden, maar ik kan je wel verbieden om die mening te uiten.'
'Meester Weishuizen,' sprak De Cock met ingehouden emotie, 'moet eens de hand in eigen boezem steken. Na al die justitiële blunders van de laatste jaren zou ik mij beschaamd terugtrekken in plaats van uitlatingen van politiemensen op een goudschaaltje te wegen.'
Commissaris Buitendam reageerde fel.
'Die blunders hebben met jouw gedrag niets te maken.'
De Cock spreidde zijn handen
'Ik snap niet dat u zich door zo'n officier van justitie laat gebruiken.'
'Het behoort tot mijn management.'
De Cock schudde zijn hoofd.
'Dat u mij voor zo'n futiliteit laat komen... onbegrijpelijk. Dat u nog geen moment hebt geïnformeerd naar de twee afschuwelijke moorden waar ik mee bezig ben... onbegrijpelijk. Maar wel een teken van slecht management.'
Op het bleke gezicht van de commissaris kwam een rode blos. Een zenuwtrek zwiepte langs zijn kaken. Hij wees met gestrekte arm naar de deur.
'Eruit.'
De Cock ging.

12

Vledder keek zijn oudere collega geamuseerd aan.
'Had je ruzie?' Vroeg hij gniffelend.
'Ik ben weer eens zijn kamer afgejaagd.'
Vledder schudde zijn hoofd.
'Je leert het nooit. Je stelt je altijd zo dwars op. Toon je vriendelijk ondergeschikt. Ik heb nooit narigheid met Buitendam.'
De Cock grinnikte vreugdeloos.
'Jacques van Loppersum,' legde hij uit, 'kent meester Weishuizen, onze officier van justitie. Die twee hebben regelmatig contact. Gisteren tijdens mijn onderhoud met Van Loppersum heb ik de rechtspleging in ons land met de staatsloterij vergeleken. Meester Weishuizen vond dat ongepast en droeg Buitendam op om mij over die uitlating een reprimande te geven.'
Vledder lachte.
'Het is niet waar?'
De Cock knikte.
'Ik zweer het je.'
'Hoe heb je gereageerd?'
'Ik heb gezegd dat meester Weishuizen de hand in eigen boezem moest steken. Na al die justitiële blunders zou hij zich beschaamd moeten terugtrekken in plaats van uitlatingen van politiemensen op een goudschaaltje te wegen.'
Vledder lachte opnieuw.
'Prachtig. Toen stuurde Buitendam jou zijn kamer af.'
De Cock schudde zijn hoofd.
'Dat gebeurde pas toen ik de kwaliteit van zijn eigen management in twijfel trok.'
Vledder gniffelde opnieuw.
'Het wordt nooit meer goed tussen jullie. Onze positie in dit bureau wordt op den duur onhoudbaar. Zullen we samen overplaatsing aanvragen?'

'Nooit,' reageerde De Cock fel. 'Buitendam of geen Buitendam, Weishuizen of welke officier van justitie ook, ik blijf bureau Warmoesstraat trouw.'
Vledder glunderde.
'En ondanks jouw geknoei met dat apparaatje van Handige Henkie blijf ik je steunen.'
'Dank je.'
'We zouden bijna vergeten dat we nog gedompeld zitten in een onderzoek naar twee afzichtelijke moorden. Ik moet je eerlijk bekennen dat ik nog geen idee heb in welke richting wij het moeten zoeken. Ik kan me niet herinneren dat wij ooit zo'n bizarre moordzaak hebben behandeld. Voorlopig houd ik het op die... eh, die...'
Vledder stokte. De telefoon op het bureau van De Cock rinkelde. De jonge rechercheur boog zich voorover en greep de hoorn. Na enkele seconden hield hij zijn hand voor het spreekgedeelte.
'Het is Jan Rozenbrand, de wachtcommandant. Bij hem voor de balie staat een jongeman, die jou wil spreken.'
'Een jongeman?'
Vledder knikte.
'Die zegt een bekentenis te willen doen.'
'Voor bekentenissen,' grijnsde De Cock, 'sta ik altijd open. Laat hem komen.'
De jongeman die de grote recherchekamer binnenkwam, maakte een slungelachtige indruk. De Cock schatte hem op rond de twintig jaar, misschien nog wel iets jonger. Hij droeg een blauwe spijkerbroek en daarop een wit T-shirt met TIEN MILJOEN in speelse rode letters. Hij had mooi golvend donkerblond haar en een knap gezicht. Bij het bureau van de oude rechercheur bleef hij staan en keek hem met zijn grijsgroene ogen schattend aan.
'Bent u rechercheur De Cock?'
De grijze speurder knikte.
'De Cock met... eh, met ceeooceekaa.' Hij wuifde voor zich uit. 'Dat is mijn collega Vledder.' Hij gebaarde naar de stoel naast zijn bureau. 'Gaat u zitten.'

De jongeman nam plaats.
De Cock strekte zijn rechterarm en wees naar de rode letters.
'Wat betekent dat?'
'Die letters?'
'Ja.'
'Heb ik op mijn shirt laten drukken.'
'Waarom?'
De jongeman trok een grijns.
'Er zijn mensen die vinden dat met tien miljoen inwoners Nederland nog een leefbaar land is. Ik ben het daarmee eens... tien miljoen is genoeg.'
De Cock glimlachte.
'Er zijn er meer... veel meer.'
De jongeman trok zijn gezicht strak.
'Dat is jammer.'
De Cock glimlachte.
'Waar wilt u met de rest heen?'
'Emigreren naar een land waar nog ruimte is. Hier kan niets meer bij.'
De Cock pauzeerde even. Zonder zelf een oordeel te geven, liet hij het onderwerp verder rusten.
'Waarom wilde u mij spreken?'
De jongeman schonk hem een bescheiden glimlachje.
'Om mijn hart te luchten.'
'Waarover?'
De jongeman aarzelde even.
'De moord op Henry van Nimwegen.'
De Cock keek de jongeman scherp aan. In het knappe gezicht zocht hij naar gelijkenissen.
'U bent...?'
'Sander... Sander van de Koningshof.'
De Cock glimlachte.
'Zoon van Irene van Moerkapelle.'
'Inderdaad.'
'U wilde niet dat uw moeder omgang met die Henry van Nimwegen had.'
Sander schudde zijn hoofd.

‘Dat was niet goed. Henry van Nimwegen deugde niet. Moeder wil dat zelf niet inzien, maar volgens mij was zij met hem diep ongelukkig geworden.’
De Cock keek hem schuins aan.
‘Daarom bedacht u een plannetje om hem naar een andere wereld te helpen.’
Sander knikte.
‘Ik,’ beaamde hij rustig, ‘bedacht een plannetje.’
‘En voerde het uit?’
Sander schudde zijn hoofd.
‘Dat hoefde niet. Iemand was mij voor.’
‘Hoe weet u dat?’
‘Ik stond op de Herengracht toen hij uit zijn huis werd gedragen en met de ambulance werd afgevoerd.’
De Cock kneep zijn ogen halfdicht.
‘U stond op de Herengracht?’
‘Ja.’
‘Wat deed u daar?’
‘Ik was van plan om gewoon bij Henry van Nimwegen aan te bellen en als hij opendeed zou ik een mes tussen zijn ribben steken... een paar maal, tot hij stierf.’
‘Zo simpel?’
‘Ja.’
‘Zou u dat hebben gedurfd?’
‘Absoluut.’
De Cock boog zich iets naar hem toe.
‘Hebt u gebeld?’
Sander knikte.
‘Een paar maal.’
‘En?’
‘Er werd niet opengedaan.’
‘Hebt u iemand uit het pand zien komen?’
Sander schudde zijn hoofd.
‘Toen op mijn bellen niet werd gereageerd, vermoedde ik dat de heer Van Nimwegen nog niet thuis was gekomen. Ik besloot om het na een poosje opnieuw te proberen. Ik heb een kleine wandeling gemaakt. Toen ik na misschien een uurtje opnieuw bij

het pand kwam, stond daar die ambulancewagen van de Geneeskundige Dienst.'
'En zag u iemand wegdragen.'
Sander knikte.
'Het kon volgens mij niemand anders dan Henry van Nimwegen zijn. Sinds dat moment heb ik mij schuilgehouden.'
'Voor wie?'
'Voor de recherche. Ik was ervan overtuigd dat ik binnen enkele uren zou worden gearresteerd.'
De Cock keek hem niet-begrijpend aan.
'Op basis waarvan?'
Sander zuchtte.
'Ik had Henry van Nimwegen een brief geschreven, waarin ik dreigde hem te vermoorden als hij zijn relatie met mijn moeder niet verbrak.'
'Hebt u die brief op de post gedaan?'
Sander keek op. Iets geprikkeld.
'U mag rustig "je" tegen mij zeggen of "jij". Dat "u" klinkt net alsof u mij in de maling neemt.'
'Heb je die brief op de post gedaan?'
Sander schudde zijn hoofd.
'Ik heb hem aan de heer De Mirambeau gegeven met het verzoek de brief aan Henry van Nimwegen te overhandigen.'
De Cock pakte een dossier uit een lade van zijn bureau en bladerde even.
'Als u de verhouding,' las hij hardop, *'met mijn moeder, Irene van Moerkapelle, niet laat doodbloeden, dan bloedt u een dezer dagen dood. Door mijn hand.'*
Sander keek hem verbijsterd aan.
'U hebt die brief gevonden?'
De Cock ging op deze vraag niet in.
'Hoe was uw relatie tot de heer Simon de Mirambeau?'
Sander glimlachte.
'Ik vond hem een aardige man. Vriendelijk, hulpvaardig. Ik vertelde hem dat mijn moeder omgang had met Henry van Nimwegen en dat ik graag wat informatie over hem had. Bijvoorbeeld: hoe hij bij zijn collega's bekendstond.

De heer De Mirambeau luisterde geduldig en vertelde mij toen onomwonden dat zijn collega Henry van Nimwegen niet deugde en dat het beter was dat mijn moeder haar verhouding met hem verbrak.'
De jongeman zweeg even.
'U hebt die brief echt niet gevonden?'
'Nee.'
Sander wees naar het dossier.
'Hoe komt u dan aan die tekst?'
'Van Simon de Mirambeau.'
De grijsgroene ogen van Sander flikkerden.
'Dan heeft hij die brief opengemaakt.'
'Inderdaad.'
'En niet aan Henry van Nimwegen gegeven?'
'Nee.'
Sander kneep zijn lippen samen. Daarna siste hij:
'Gluiperd.'
'Hij is dood.'
Sander knikte.
'Ik weet het. Ik was vanmorgen bij hem aan de deur. Een kleine man deed open. Ik vroeg naar de heer De Mirambeau. De kleine man zei dat zijn Simon was vermoord en vroeg of ik wat met hem had gehad.'
'Jij antwoordde?'
Sander schudde zijn hoofd.
'Ik heb niets gezegd. Ik ben hard weggelopen.'
De jongeman zweeg opnieuw. Zijn grijsgroene ogen vulden zich met tranen.
'Met mijn vader... de man die mij verwekte... heb ik het nooit goed kunnen vinden. Hij was onuitstaanbaar. Moeder en hij hadden altijd ruzie. En daar zat ik tussen. Voor het geluk van mijn moeder had ik een moord over. Echt, ik had het gedaan... voor haar. Nu, na de dood van Henry van Nimwegen, wil ze mij niet meer zien... wil ze geen woord meer met mij wisselen.'
Sander zuchtte diep.
'Simon de Mirambeau, een vriendelijke, hulpvaardige man, in wie ik voor het eerst in mijn leven een vriend zag, maakt mijn

brief open en geeft een voor mij belastende tekst... zonder enige ruggespraak... aan de recherche.'
Hij keek naar De Cock op. Een traan drupte over zijn linkerwang.
'Zijn er nog mensen die je kunt vertrouwen?'
De vraag ontroerde de oude rechercheur. De Cock knikte traag.
'Ze zijn er... maar zeer, zeer zeldzaam.'

De Cock keek Sander na toen hij gebogen en met hangende schouders de grote recherchekamer verliet. Hij gebaarde naar Vledder.
'Stuur Irene van Moerkapelle een ontbieding. Ik moet eens ernstig met haar praten. Ik wil niet dat die jongen naar de bliksem gaat.'
De Cock trok een denkrimpel in zijn voorhoofd.
'Voordat de wachtcommandant belde, zei jij... *ik kan mij niet herinneren dat wij ooit zo'n bizarre moordzaak hebben behandeld. Voorlopig houd ik het op die...* toen stokte je.'
Vledder knikte.
'Op Rudolf Akersloot, wilde ik zeggen. Hij is in feite de enige die nog in ons plaatje past. Ik weet niet wie anders.'
De jonge rechercheur zweeg even.
'Weet je nu al wanneer de volgende bijeenkomst van de Broeders en Zusters van de Tien Geboden is?'
'Morgen... morgenavond om acht uur. Michel-Jan van Nimwegen heeft mij gisteravond laat nog gebeld. Hij was ervan overtuigd dat Rudy Akersloot op de bijeenkomst zal verschijnen.'
'Gaan we daarheen?'
De Cock knikte.
'Zeker.'
'En arresteren we hem?'
De oude rechercheur zuchtte.
'Beginnen we de discussie opnieuw? Ik wil hem eerst een verhoor afnemen... zijn verhaal aanhoren. Dat is toch het minste waar hij recht op heeft. Daarna beslis ik of we hem als verdachte gaan beschouwen.'
Vledder maakte een hulpeloos gebaar.

'Hij is onze laatste kans. We hebben niemand anders. Je kunt deze zaak toch niet laten doodbloeden?'
De Cock keek zijn jonge assistent plotseling verstijfd aan.
'Doodbloeden,' herhaalde hij toonloos. 'Doodbloeden... dat is het. Dat doodbloeden van de slachtoffers moet een betekenis hebben. De moordenaar of moordenares pleegde de moorden op een wijze die iets aanduidt... iets dat met *doodbloeden* te maken heeft.' De oude rechercheur sloeg met de muis van zijn rechterhand tegen zijn voorhoofd. 'Stom, dat die gedachte niet eerder bij mij is opgekomen.'
Vledder trok een ernstig gezicht.
'Je bedoelt, niet letterlijk?'
De Cock schudde zijn hoofd.
'Hij of zij,' sprak hij traag, 'liet zijn of haar slachtoffers letterlijk doodbloeden om de figuurlijke betekenis te symboliseren.'
Vledder keek hem bewonderd aan.
'Dat is het. De Cock... dat is het. Je bent weer ouderwets op dreef. Ik wed...'
De jonge rechercheur stokte. Er werd op de deur van de grote recherchekamer geklopt. Vledder riep: 'Binnen.'
Het klonk geïrriteerd.
De deur ging langzaam open en in de deuropening verscheen de gestalte van een stevig gebouwde vrouw. De Cock schatte haar op achter in de veertig. Ze was wat stijfjes gekleed in een donkerblauw mantelpakje, waaronder een witte blouse met volants. Met een stevige pas, het hoofd in de nek, liep ze op De Cock toe.
'Ik heb mij maar niet bij de wachtcommandant gemeld,' sprak ze kort. 'Die man had het te druk om zich met handen en voeten af te vragen wat een groepje buitenlanders van hem wilde. U bent toch rechercheur De Cock?'
De oude rechercheur knikte.
'Met... eh...'
De vrouw onderbrak hem knikkend.
'Ceeooceekaa,' vulde ze wat geprikkeld aan. Ze bleef even staan en wees naar de stoel naast zijn bureau. 'Kan ik daar gaan zitten?'

De Cock acteerde wat overdonderd.
'Neemt u plaats.'
Ze verschoof iets op haar stoel.
'Mijn naam is Mathilde de Groot. Ik ben gescheiden van Marcel van Diemen.'
'Zijn ex.'
Mathilde de Groot knikte.
'Op een dag kreeg ik de kolder in mijn kop en ging er met Henry van Nimwegen vandoor. Het was achteraf de stomste zet van mijn leven. Toen mijn bevlieging over was, wilde ik terug naar Marcel.'
De Cock glimlachte.
'Marcel wilde u niet terug.'
Mathilde de Groot schudde haar hoofd.
'Ik kon zijn beslissing wel begrijpen,' sprak ze sussend. 'Hem viel niets te verwijten.'
Ze pauzeerde even.
'We zijn als vrienden uit elkaar gegaan. Marcel is een wat saaie man... heel punctueel, maar wel lief. Ik heb de gedachte dat het wel weer eens goed zou worden tussen ons beiden nooit opgegeven. Ik belde hem vaak... vroeg hoe het met hem ging... informeerde plagerig of hij al een nieuwe liefde had gevonden.'
Ze zweeg enkele seconden. De uitdrukking op haar gezicht versomberde.
'Ik bel hem altijd 's avonds zo rond de klok van tien uur. Dan is hij thuis... zonder mankeren. Gisteravond nam hij niet op. Na een halfuurtje probeerde ik het nog eens... weer niet.'
Mathilde de Groot ademde diep.
'Ik wist uit de verhalen van Marcel dat u de moorden op Henry van Nimwegen en Simon de Mirambeau behandelde. Ik had u gisteravond al willen benaderen, maar besloot tot vandaag te wachten.'
De Cock keek haar gespannen aan.
'U hebt hem vandaag weer gebeld?'
'Ja.'
'En de kliniek?'
'Ook.'

‘En?’
‘Daar was hij niet verschenen.’
De Cock vroeg niet verder. Hij kwam met een ruk uit zijn stoel overeind, schoof langs de benen van Mathilde de Groot en galoppeerde naar de kapstok.
Vledder kwam hem na.
‘Waar ga je geen?’
‘Naar de Brouwersgracht elfhonderdzeventien.’
‘Marcel van Diemen?’
‘Precies.’
De jonge rechercheur draaide zich halfom.
‘Wat doen we met haar?’
‘Laat de wachtcommandant zich over haar ontfermen.’
Mathilde de Groot stond op. Met haar wijsvinger tikte ze op haar borst.
‘Deze vrouw,’ reageerde ze bits, ‘heeft geen wachtcommandant nodig. Ze ontfermt zich over zichzelf.’

13

Ze reden met hun oude Golf van de houten steiger achter het politiebureau weg. Het regende... een fijne, miezerige motregen, die op de voorruit plakte. Vledder zette de ruitenwissers aan. Ze maakten vieze vette strepen. Eerst toen de jonge rechercheur ook de ruitensproeiers aan deed, werd het zicht helder.
De Cock keek even naar de voorruit, zakte daarna onderuit en schoof zijn oude hoedje tot op de rug van zijn neus.
In het drukke verkeer op het Damrak negeerde Vledder achteloos een reeks dwingende verkeersbepalingen en reed met gierende banden de Prins Hendrikkade op. Bij de bocht naar de Singel raakte de wagen bijna in een slip.
De Cock drukte zich kreunend omhoog.
'Ben je gek geworden,' brieste hij. 'Doe kalm aan. Ik voel er weinig voor om mijn oude botten te breken. Bovendien... er is toch niets meer te redden.'
Vledder blikte opzij.
'Jij verwacht,' vroeg hij gespannen, 'dat ook Marcel van Diemen is vermoord?'
De Cock knikte.
'Ik ben er bang voor.'
Vanaf de Singel reed Vledder nu iets rustiger rechtsaf de Brouwersgracht op. Hij tikte de oude rechercheur op zijn schouder.
'Wat doe je als ook het huis van Marcel van Diemen slotvast is afgesloten?'
De Cock gromde.
'Ik ga naar binnen.'
'Met jouw apparaatje?'
'Ja.'
'Op klaarlichte dag?'
'Zeur niet.'
Voor Brouwersgracht elfhonderdzeventien vond Vledder voor de Golf nog een plekje aan de waterkant tussen de bomen. Ze

stapten uit en De Cock wees schuin voor zich uit naar een gevel.
'Daar gaan we morgenavond heen.'
Vledder las hardop.
'Tehuis van de Broeders en Zusters van de Tien Geboden. Is dat de tempel van Michel-Jan van Nimwegen?'
'Inderdaad. Ziet er vanbinnen indrukwekkend uit.'
Ze staken de rijbaan over.
Perceel Brouwersgracht 1117 had een zware, groengelakte deur. Rechts van de deur was aan de gevel een imposante koperen naamplaat met *M. Th. Van Diemen* in zwarte verzonken letters.
De Cock keek naar de twee ramen, die uitzagen op de gracht. De overgordijnen, zo constateerde hij, waren gesloten. Hij voelde aan de deurknop. De zware deur was op slot. De oude rechercheur tastte in de steekzak van zijn regenjas naar het apparaatje van Handige Henkie.
Vledder hield plotseling zijn hand tegen.
'Bel eerst.'
De Cock trok zijn schouders op.
'Dat heeft geen enkele zin.'
'Waarom niet?'
De Cock grijnsde.
'Marcel van Diemen zal zeker niet uit de dood verrijzen om ons aan de deur vriendelijk te verwelkomen.'
Het klonk cynisch.
Vledder staakte zuchtend zijn verzet. Hij liet de hand van De Cock los en ging achter hem staan om het handelen van zijn collega zoveel als doenlijk voor de omgeving te verbergen.
In luttele seconden had de grijze speurder de deur van het slot, drukte die met zijn knie verder open en ging naar binnen.
Vledder volgde.
Het was binnen aardedonker. De Cock pakte zijn zaklantaarn en liet het lichtovaal door de hal dwalen. Hij koos voor de deur links van hem. Met zijn elleboog drukte hij de deurkruk omlaag en schoof de deur open. De weeïge, zoetige geur van bloed walmde hem tegemoet.

Voorzichtig, voetje voor voetje, liep De Cock verder de kamer in. Het ovaal van zijn zaklantaarn danste voor hem uit. Tussen een ronde tafel en een lederen fauteuil bleef het lichtovaal rusten op het lichaam van een lange slanke man in een grijs flanellen kostuum. Hij lag op zijn rug met rondom een grote plas deels reeds geronnen bloed.
Vledder stapte naderbij en bukte aan de rand van de bloedplas.
'Het is,' hijgde hij, 'het is Marcel van Diemen... ook zijn halsslagader is vakkundig opengepeuterd.'
De Cock liep terug naar de deur, vond een schakelaar en deed het licht aan.
'Waarschuw de meute.'

Bram van Wielingen stapte met forse treden het vertrek binnen. Demonstratief blikte hij op zijn horloge.
'Je wordt steeds beter,' jubelde hij. 'Het is knap... zo rond het middaguur. Dat moet je prolongeren. Je accepteert niet eerder een lijk dan rond deze klok.'
Hij zette zijn aluminium koffertje in een van de leren fauteuils. Daarna wierp hij een blik op het slachtoffer.
'Allemachtig,' riep hij geschrokken. 'Weer zo'n enorme plas bloed.'
De Cock knikte.
'Op dezelfde wijze vermoord als die twee anderen.'
De fotograaf wees naar het slachtoffer.
'Ook weer een plastisch chirurg van de kliniek van de Helende Meesters.'
De Cock knikte opnieuw.
'Dit is de derde. Ik begin mij angstig af te vragen hoelang dat zo doorgaat.'
Bram van Wielingen gebaarde heftig.
'Iemand is bezig om dat hele stel chirurgen stelselmatig uit te roeien.'
De Cock zuchtte.
'Daar lijkt het op.'
'Hoe heet deze vent?'
'Marcel van Diemen.'

De mond van de fotograaf viel halfopen.
'Dat is de man die mijn vrouw heeft behandeld. Zonde. Hij was een bekwaam chirurg. Ik zei je al... mijn vrouw was erg over hem te spreken.'
Bram van Wielingen blikte naar het lijk.
'Heeft hij ook foutjes gemaakt... mislukte operaties, ontevreden patiënten?'
De Cock maakte een grimas.
'Blijkbaar niet. Ik heb tot nu geen negatieve inlichtingen over hem binnengekregen. Hij was, zo men zei, de bekwaamste van de vier.'
Bram van Wielingen deed zijn koffertje open en nam daaruit zijn fraaie Hasselblad. Met een paar handige grepen monteerde hij een flitslicht.
'Heb je al enig licht in de zaak?'
De Cock trok een mistroostig gezicht.
'Het enige waarover ik volledige zekerheid heb, is dat het dezelfde dader is... een dader die steeds dezelfde methodiek gebruikt. Maar verder...'
De oude rechercheur maakte zijn zin niet af. Hij liep bij de fotograaf weg. In de deuropening stond dokter Den Koninghe. Achter hem torenden zoals gebruikelijk twee broeders van de Geneeskundige Dienst met hun brancard.
De Cock liep met lome tred op de lijkschouwer toe.
'Ik durf u met dit nieuwe lijk bijna niet meer onder ogen te komen.'
Dokter Den Koninghe keek verwonderd naar hem op.
'Heb jij hem of haar vermoord?'
De Cock grinnikte.
'Onzin.'
'Dan treft jou toch geen schuld.'
De Cock trok een droevige grijns.
'Het is maar hoe je het wilt bezien,' sprak hij somber. 'Als ik inmiddels de dader had ontmaskerd, was deze moord niet gepleegd.'
Dokter Den Koninghe reageerde niet. Hij liep aan De Cock voorbij en nam de situatie in ogenschouw.
'Mag ook hij even op het droge?' vroeg hij vriendelijk.

De Cock keek naar Bram van Wielingen en wuifde om zich heen.
'Heb je alles al vastgelegd?'
De fotograaf liet zijn Hasselblad zakken en knikte.
'Als je wilt, heb je vandaag nog de plaatjes op je bureau.'
De Cock maakte een hulpeloos gebaar.
'Het mag ook morgen,' sprak hij moedeloos.
Bram van Wielingen borg zijn Hasselblad in zijn koffertje, klapte het dicht en wuifde tot afscheid.
De Cock gebaarde naar dokter Den Koninghe.
'Ook dit lijk mag op het droge.'
Een van de broeders pakte het slachtoffer onder de oksels vast en sleepte hem uit de bloedplas.
De kleine lijkschouwer trok de pijpen van zijn streepjesbroek iets omhoog en knielde bij het slachtoffer neer.
Op dat moment overviel De Cock een vreemd gevoel. Hij was er secondenlang met zijn gedachten niet bij. Het leek hem alsof hij zonder enige interesse naar de herhaling van een televisieprogramma keek.
'Hij is dood,' sprak dokter Den Koninghe.
Het bracht De Cock terug bij de werkelijkheid.
'Dat idee had ik al... doodgebloed?'
'Absoluut.'
'Lang geleden?'
'Ik schat zo twintig uur. De lijkstijfheid is algemeen.'
'Begrepen.'
Dokter Den Koninghe draaide zich om liep wuivend weg. Bij de deur draaide hij zich grijnzend om.
'Tot jouw volgende lijk.'
Het klonk als een grap.
Toen de broeders het slachtoffer hadden weggedragen, liep Vledder op De Cock toe. De jonge rechercheur had een zwartleren mapje in zijn handen.
'Ik heb in een van de kasten in dit huis iets gevonden... dit mapje. Er zit een overeenkomst in... een overeenkomst tussen Marcel van Diemen en de drie andere chirurgen van de kliniek van de Helende Meesters.'

De Cock zuchtte.
'Ook de anderen zullen zo'n overeenkomst hebben. De chirurgen van de Helende Meesters vormden een soort maatschap. Eenieder kreeg hetzelfde aandeel van de opbrengst van de kliniek. Er bestaan maatschapvissers die eenzelfde verdeelsleutel kennen. Ook bij sommige advocatenkantoren wordt het begrip maatschap gehanteerd.'
Vledder hield het leren mapje op.
'Zal ik het terugleggen?'
De Cock schudde zijn hoofd.
'Neem het mapje maar mee naar de Kit... kunnen we die overeenkomst eens op ons gemak bekijken. Misschien stuiten we op iets dat ons verder kan brengen.'

De Cock sloot de woning van Marcel van Diemen met zijn apparaatje slotvast af. Met een gevoel van treurnis liep hij achter Vledder aan naar de Golf. Zonder een woord te wisselen reden ze terug naar de Kit. Hun zwijgen kwam voort uit een gevoel van verslagenheid en verwarring. Geen enkele theorie scheen te passen. Ook de sinistere moord op Marcel van Diemen leek een raadsel.
Het was De Cock die na enige tijd fronsend het zwijgen verbrak.
'Bij de moord op Henry van Nimwegen hebben we in zijn woning geen schriftelijke overeenkomst tussen de chirurgen van de Helende Meesters gevonden. Die overeenkomst, herinner ik mij nu, ontbrak ook in de woning van Simon de Mirambeau.'
Vledder zuchtte.
'Ik heb daar zo'n mapje niet gevonden.'
De Cock staarde peinzend voor zich uit.
'Wat je wat ik zo vreemd vind?'
'Nou?'
'Waarom nam de moordenaar of moordenares uit de woning van Simon de Mirambeau de brief van Sander van de Koningshof weg? Wat had dat voor zin?'
Vledder schudde zijn hoofd.
'Geen idee.'

De Cock trok een denkrimpel in zijn voorhoofd.
'Past die brief in een bewijsvoering en werd hij daarom uit de woning weggenomen? Was de moordenaar of moordenares bang voor die brief... bang, dat hij in verkeerde handen zou vallen? Ik begrijp die daad niet.'
Ineens zat De Cock rechtop.
'Rijd naar de Linnaeusparkweg.'
Vledder blikte verrast opzij.
'De Linnaeusparkweg?'
'Ja.'
'Naar de woning van Simon de Mirambeau?'
'Precies.'
'Waarom?'
'Ik wil die secretaire nog eens onderzoeken.'
Vledder haalde zijn schouders op.
'Dat heb ik gedaan... grondig. Ik verzeker je... die brief van Sander was er niet.'
'Was het een oude secretaire?'
Vledder knikte.
'Uit grootmoeders tijd.'
De Cock gebaarde.
'Die oude meubelstukken hadden soms geheime laden en vakjes. In het woord secretaire schuilt ook het Engelse woord *secret*, geheim.'
Vledder grinnikte.
'En naar zo'n geheim laatje of vakje wil jij gaan zoeken?'
De Cock knikte.
'Vaak moet je een paneeltje wegschuiven, waardoor zo'n geheim vakje zichtbaar wordt.'
Vledder reageerde niet. Het drukke verkeer in de binnenstad vergde al zijn aandacht. Via de Valkenburgerstraat, het Mr. Visserplein, de Muiderstraat en de Plantage Middenlaan bereikten ze de Watergraafsmeer. Op de Linnaeusparkweg was weinig verkeer. Voor perceel 850 parkeerde Vledder de Golf aan de rand van het trottoir. Ze stapten uit en De Cock belde aan.
Al na enkele seconden werd de deur geopend door lief klein krekeltje Jan ter Broeke.

De Cock lichtte beleefd zijn hoedje.
'Wij wilde nog even de secretaire van de heer De Mirambeau bekijken. Wij vermoeden dat wij iets over het hoofd hebben gezien.'
Jan ter Broeke deed een stap opzij.
'Ga uw gang.'
Hij tippelde achter de rechercheurs aan naar de woonkamer. Met een gebaar van afschuw wees hij naar de plas bloed.
'Mag ik die laten opruimen? Het stinkt en ik word voortdurend aan die moord herinnerd.'
De Cock knikte.
'Wij hebben er geen belangstelling meer voor.'
Jan ter Broeke duimde over zijn schouder.
'Er was hier vanmorgen een jongeman aan de deur. Hij vroeg naar de heer De Mirambeau.'
De Cock glimlachte.
'Die jongeman kennen wij. Hij was vanmiddag nog bij ons op het politiebureau.'
De oude rechercheur gaf Jan ter Broeke geen verdere uitleg. Hij draaide zich om en nam de oude secretaire in ogenschouw. In zijn lange loopbaan had hij al meer met geheime laatjes en vakjes van doen gehad.
Zijn scherpe blik ontdekte aan een van de zijkanten van de secretaire een minieme verkleuring in het hout. Voorzichtig legde hij zijn duim op de verkleuring en voelde of er beweging was. Onder de druk van zijn duim gleed langzaam een paneeltje weg. Een geheim vak van de secretaire werd zichtbaar. De Cock trok twee stukken uit het vak en gaf ze aan Vledder.
De jonge rechercheur bekeek ze.
'Net... eh, net zo'n overeenkomst,' stamelde hij, 'als ik bij Marcel van Diemen heb gevonden. En... de brief van Sander van de Koningshof.'

14

De Cock had moeie voeten.
Ze waren er ineens, onaangekondigd. Het was als een donderslag bij heldere hemel. Hij leunde achterover en legde zijn voeten op een hoek van zijn bureau. Met een van pijn vertrokken gezicht bevoelde hij zijn kuiten. Het was alsof geniepige kleine duiveltjes uit pure boosaardigheid met duizend spelden in zijn kuiten prikten. Hij kende de pijn die uit de holten van zijn voeten kwam, langs zijn hielen omhoog trok en zich vastzette in zijn kuiten. Hij wist ook wat die pijn betekende. Telkens als de zaken slecht verliepen, als zijn onderzoeken dreigden te verzanden en als hij het machteloze gevoel had volkomen in het duister te tasten, gaven de helse duiveltjes acte de présence.
Vledder keek hem bezorgd aan.
'Is het weer zover?'
De Cock knikte en sloot zijn ogen. Enkele minuten bleef hij zo zitten, bewegingloos en geconcentreerd. Zijn markant gezicht leek een stalen masker. Om de pijn te verdrijven zette hij zijn tanden in zijn onderlip.
'Het gaat wel weer over,' sprak hij mat. 'Het duurt nooit zo lang.'
Vledder boog zich over zijn bureau iets naar zijn oude collega toe.
'Die moeie voeten van jou... ben je echt bang dat wij deze zaak niet zullen klaren?'
De Cock zuchtte.
'Die derde moord... de moord op Marcel van Diemen... gooit al onze theorieën omver.'
'Hoezo?'
'Wat wil je nog met Rudolf Akersloot als verdachte... moeten wij bewijzen dat hij ook een homofiele relatie met Marcel van Diemen had?'
'Dat kan toch?'

De Cock schudde zijn hoofd.
'Dat gaat mij echt te ver.'
Vledder grijnsde.
'Wat weten wij van de seksuele geaardheid van Marcel van Diemen... niets.'
'Hij was getrouwd met Mathilde de Groot. Een prima huwelijk, tot Mathilde – hoe zei ze dat ook weer? – de kolder in haar kop kreeg en er met Henry van Nimwegen vandoor ging. Na haar bevlieging wilde ze naar Marcel terug... graag... een bewijs dat Marcel als echtgenoot zijn huwelijkse plichten niet verwaarloosde.'
Vledder snoof.
'Van Henry van Nimwegen, een notoire rokkenjager, had jij ook nooit gedacht dat hij biseksueel was.'
De Cock lachte. De pijn in zijn kuiten trok langzaam weg. Voorzichtig tilde hij zijn benen van het bureau en rolde zijn stoel naar voren.
'Ik heb er nog moeite mee om het te geloven.'
'Ik had wél gelijk.'
De Cock wees naar het zwartleren mapje op het bureau van Vledder.
'Heb je de overeenkomst doorgenomen?'
'Ja.'
'Bijzonderheden ontdekt?'
De jonge rechercheur schudde zijn hoofd.
'Feitelijk niet. Een obligate maatschap. Elk zijn deel... een gelijk deel. Wel kunnen erfgenamen bij overlijden van één van de vier geen aanspraken maken op een aandeel in de opbrengsten van de kliniek. Dat was, zo staat in de akte, om te voorkomen dat het bezit van de kliniek bij overlijden zou versnipperen. Zo'n versnippering zou de ondergang van de kliniek kunnen betekenen.'
De Cock plooide zijn lippen in een tuitje.
'Op zich een redelijke bepaling. Wanneer vissermannen hun schip moeten verkopen om bij overlijden van een van de leden een erfenis uit te keren, dan kunnen de overlevenden niet meer vissen omdat ze geen boot meer hebben.'
Vledder knikte begrijpend.
'Er is toch iets geks.'

'En?'
'Onder aan de overeenkomst... na de vier handtekeningen... staat er bij Marcel van Diemen met ballpoint bijgeschreven: *Een miljoen schuld? Nee.*'
De Cock fronste zijn wenkbrauwen.
'Laat eens zien?'
Vledder schoof de overeenkomst naar hem toe.
'Het is er later bijgeschreven.'
De Cock knikte.
'Inderdaad.'
Vledder schoof een lade van zijn bureau open en nam daaruit eenzelfde mapje.
'Dit is de overeenkomst van Simon de Mirambeau. Daaronder staat... later met ballpoint bijgeschreven: *Geen miljoen schuld.*'
De Cock wenkte.
'Laat zien.'
Vledder schoof ook de tweede overeenkomst naar hem toe.
'Het is vreemd.'
De oude rechercheur vergeleek de handschriften.
'Ze zijn verschillend.'
Vledder wees naar de papieren.
'*Een miljoen schuld? Nee* heeft dezelfde betekenis als *Geen miljoen schuld.*'
De Cock schudde zijn hoofd.
'Ik ben het niet met je eens. *Een miljoen schuld? Nee* begint met een vraagstelling. Anders gezegd... is er sprake van een miljoen schuld? Het antwoord luidt *nee*. Bij de tekst onder de overeenkomst van Simon de Mirambeau is er geen sprake van een vraagstelling. Het is een botte mededeling dat er geen schuld is van een miljoen.'
De Cock kneep zijn ogen halfdicht.
'Ik vraag mij af wat er onder de overeenkomst van Henry van Nimwegen staat. Zouden we die...'
De oude rechercheur stokte.
Na een ferme tik op de deur van de grote recherchekamer kwam Irene van Moerkapelle binnen. Ze liep rechtstreeks naar De Cock toe.

'U wilt mij spreken?'
De oude rechercheur keek naar Vledder.
'Heb jij mevrouw ontboden?'
Vledder knikte.
'Jan Rozenbrand heeft op mijn verzoek door een diender een ontbieding aan het adres van mevrouw laten brengen.'
'Zo dringend was het nu ook weer niet.'
Irene van Moerkapelle keek van De Cock naar Vledder en terug.
'Wat is er aan de hand?'
De Cock wees glimlachend naar de stoel naast zijn bureau.
'Ga even zitten.'
Mevtouw van Moerkapelle nam plaats met een nors gezicht.
'Ik heb vanmorgen gehoord dat na Henry van Nimwegen ook Simon de Mirambeau is vermoord.'
De Cock trok een verdrietig gezicht.
'Dat klopt. En vanmorgen hebben wij Marcel van Diemen dood in zijn woning aangetroffen.'
Mevrouw van Moerkapelle perste haar lippen opeen.
'Is er iemand gek geworden?'
De Cock negeerde de kreet.
'Ik wil even niet,' sprak hij hoofdschuddend, 'over die drie moorden praten. Die bezorgen ons al hoofdbrekens genoeg. Maar vanmorgen heeft uw zoon Sander een bezoek aan ons bureau gebracht.'
'Waarom?'
'Hij wilde zijn hart luchten. Die jongen zit in de knoei. Volgens mij heeft hij dringend hulp nodig.'
'Van wie?'
'Van u.'
Mevrouw van Moerkapelle grinnikte.
'Van mij?'
De Cock knikte.
'Sander heeft niets met de moord op Henry van Nimwegen te maken.'
Mevrtouw van Moerkapelle gebaarde heftig.
'Hij heeft ermee gedreigd. Weet u dat hij echt met een groot mes voor de deur van Henry's woning heeft gestaan?'

De Cock knikte traag.
'Dat heeft hij ons verteld.'
'En moet ik die jongen dan weer bij mij in huis nemen?'
De Cock spreidde zijn handen.
'Hij meende in uw belang te handelen... een soort wanhoopsdaad uit liefde... liefde voor zijn moeder.'
Irene van Moerkapelle zuchtte.
'En als ik vandaag of morgen weer een man ontmoet, ben ik dan afhankelijk van de goedkeuring van mijn zoon?'
De Cock boog zich naar haar toe.
'In ieder geval,' raadde hij aan, 'zou ik mij met die jongen verzoenen. Stel duidelijk wederzijdse standpunten vast. Een herhaling van de affaire Henry van Nimwegen mag niet meer gebeuren.'
Irene van Moerkapelle boog haar hoofd.
'Ik zal hem opzoeken en als hij wil mag hij weer bij mij in huis komen.'
De Cock glimlachte beminnelijk.
'Lief van u.'
De oude rechercheur zweeg even. Peinzend.
'Uit onze vorige gesprekken,' veranderde hij van onderwerp, 'heb ik begrepen dat Henry van Nimwegen in die korte periode dat u omgang met hem had, nogal vertrouwelijk was. Hij vertelde over zijn relatie met de andere chirurgen in de kliniek van de Helende Meesters. Heeft hij u wel eens iets over een miljoen verteld?'
Mevrouw van Moerkapelle fronste haar wenkbrauwen.
'Een miljoen... wat voor een miljoen?'
'Geen flauw vermoeden. Onder de overeenkomsten van Simon de Mirambeau en Marcel van Diemen staat iets over een schuld van een miljoen.'
Irene van Moerkapelle trok haar schouders op.
'Ik heb nooit iets over een schuld van een miljoen gehoord. Dat weet ik zeker.'
De Cock maakte een hulpeloos gebaar.
'We hebben in de woning van Henry van Nimwegen aan de Herengracht geen overeenkomst tussen hem en de andere chirurgen kunnen vinden.'

Irene van Moerkapelle grijnsde.
'De papieren van Henry liggen bij mij.'
'Bij u?'
Ze knikte.
'Kort voor zijn dood heeft hij die aan mij gegeven om te bewaren.'
'Waarom?'
'Ik denk dat hij bang was dat Michel-Jan in zijn papieren zou gaan snuffelen. Henry lag voortdurend met zijn zoon overhoop.'
'En zijn relatie met zoon Julius?'
'Was ook niet best.'
De Cock strekte zijn wijsvinger naar haar uit.
'Die papieren van Henry... mag ik die eens inzien?'
Irene van Moerkapelle staarde even voor zich uit. Daarna knikte ze traag.
'Wanneer?'
De Cock keek haar strak aan.
'Nu.'

Vanaf de lange brede gang slofte De Cock door de tempel van de Broeders en Zusters van de Tien Geboden aan de Brouwersgracht. Vledder volgde in zijn kielzog. De oude rechercheur keek omhoog naar de serie fraaie kroonluchters en onderging de subtiele sfeer van een intieme mystiek.
Voor in de tempel, eenzaam, in het midden van de lange tafel met de houten zetels voor de aristocraten, zat Michel-Jan van Nimwegen. Hij droeg weer een zwarte pantalon met een zwarte blouse die hooggesloten eindigde in een stijve witte boord.
De Cock liep op hem toe en ging tegenover hem zitten.
'Ik ben u zeer erkentelijk voor uw medewerking,' sprak hij plechtig. 'U loopt door uw toezegging wellicht enig risico, maar we zullen dat tot een minimum beperken.'
Michel-Jan maakte een stijve buiging.
'Sinds de moord van Kaïn op Abel,' sprak hij ingetogen, 'heeft God zich intens met het begrip "doodslaan" beziggehouden. Ik denk dat die moord God onaangenaam heeft verrast. Dat is beslist de reden dat Hij Mozes heeft bevolen om het gebod *Gij*

zult niet doodslaan in de Tien Geboden op te nemen. En die Tien Geboden vormen de basis van mijn geloof, vandaar mijn medewerking.'
'Dat klinkt aannemelijk.'
Vledder mengde zich in het gesprek.
'Hoe laat begint de bijeenkomst?'
De Cock schudde zijn hoofd.
'Er is geen bijeenkomst. Michel-Jan van Nimwegen heeft zich grote moeite getroost om alle gelovigen tijdig te berichten dat de bijeenkomst vanavond niet doorgaat.'
Vledder reageerde verrast.
'Dus Rudolf Akersloot komt niet.'
De Cock schonk hem een flauwe glimlach.
'Rudolf Akersloot komt niet.'
Vledder grinnikte vreugdeloos.
'Wat doen wij dan hier?'
'Wachten.'
'Op wie... op wat?'
'De moordenaar.'
Vledder slikte.
'Komt die?'
Michel-Jan spreidde zijn handen in een theatraal gebaar.
'Dat hopen wij.'
De Cock schoof de mouw van zijn oude regenjas iets terug en keek op zijn horloge. Hij had nog een paar minuten. De oude rechercheur drukte Michel-Jan van Nimwegen stevig de hand.
'Blijf kalm.'
De oude rechercheur stond van zijn zetel op en leidde Vledder naar een hemelsblauw fluwelen gordijn, dat de tempel achter het spreekgestoelte afsloot. Door twee kieren in het gordijn was de verlichte tempel met de eenzame figuur van Michel-Jan van Nimwegen goed zichtbaar.
Vledder fluisterde.
'Wat doen Appie Keizer en Fred Prins buiten.'
De Cock schoof iets naar hem toe.
'De buitendeur van de tempel... de deur waardoor wij vanavond zijn binnengekomen... staat wijdopen. Dat heeft Michel-

Jan van Nimwegen aan de moordenaar beloofd. Appie Keizer en Fred Prins hebben elk een mobiele telefoon. Ze houden die deur in de gaten. Zo gauw er iemand naar binnen gaat, wachten ze enige minuten en komen dan naar binnen. Ze mogen niemand naar buiten laten komen... onder geen voorwaarde.'
Vledder zuchtte.
'Weet jij wie er komt?'
'Ja.'
'Hoe laat?'
'Acht uur.'
'Wie?'
De Cock schudde zijn hoofd.
'Kijk en huiver.'
Hij keek opnieuw op zijn horloge. Het was drie minuten voor acht. De grijze speurder voelde hoe de spanning zijn bloeddruk opstuwde. Zijn oude hart pulseerde in de toppen van zijn vingers. Die momenten van spanning, zo wist hij, kostten hem jaren van zijn leven.
Het mobieltje in zijn hand maakte een zacht geluid.
'Er staat een man voor de deur.' Het was de stem van Fred Prins. 'Hij kijkt om zich heen en weifelt. Zal ik naar hem toe lopen?'
De Cock verbleekte.
'Nee... niets doen. Hij moet zich onbespied wanen en uit zichzelf naar binnen gaan.'
'Oké.'
De Cock zuchtte diep. Hij tuurde door het gordijn en rilde. Vanuit de brede gang kwam een man de tempelruimte binnen. Hij liep traag, met een iets gebogen hoofd, door het middenpad langs lange rijen lege kerkbanken op Michel-Jan van Nimwegen toe. Even bleef hij voor hem staan, toen trok hij de houten stoel, waarop De Cock had gezeten, naar zich toe en nam tegenover hem plaats.
De Cock gaf Vledder een duw.
'Nu.'
De jonge rechercheur stormde door een opening in het hemelsblauwe gordijn naar voren.

De man stond geschrokken op, wierp de stoel om en vluchtte in de richting van de brede gang. Nog voor hij die had bereikt, stortte Fred Prins zich bovenop hem. Hij hield hem met zijn borst op de vloer en nam zijn armen in een greep.
Vledder bukte bij de man neer en draaide diens gezicht opzij. Verbaasd keek hij omhoog naar De Cock.
'Het is,' slikte hij, 'het is Peter van Houten.'
De oude rechercheur knikte.
'De langstlevende chirurg van de kliniek van de Helende Meesters.'

15

De ding-dong in de gang galmde nog een beetje na. De Cock deed de deur van zijn woning open. Voor hem op de stoep stond Dick Vledder.
Naast hem, half tegen zijn schouder geleund, stond de blonde Adelheid van Buuren. De Cock herkende haar direct aan de sproetjes rond haar neus.
Ze was keurig gekleed in een hemelsblauw fluwelen mantelpakje, dat zo uit het gordijn van de tempel van de Broeders en Zusters van de Tien Geboden kon zijn gesneden. Aan haar linkerhand bungelde een boeket rode rozen.
'Ik heb haar maar meegenomen. Ik hoop dat je daar geen bezwaar tegen maakt.'
De Cock lachte.
'Hoe zou ik dat kunnen?'
De oude rechercheur deed een stap opzij en liet het stel binnen.
Vledder gebaarde voor zich uit.
'Zijn de anderen er al?'
De Cock knikte.
'Appie Keizer en Fred Prins zitten bij mijn vrouw en hebben het hoogste woord.'
Ze stapten gezamenlijk de woonkamer binnen. Mevrouw De Cock kwam onmiddellijk overeind en schudde Vledder ter begroeting de hand. Daarna richtte ze haar aandacht op Adelheid van Buuren en nam met een gebaar van verrukking de rozen in ontvangst.
Vledder glimlachte.
'Adelheid is al volop bij de recherche in bedrijf. Ze heeft al in belangrijke zaken meegedraaid. Ze is beslist een aanwinst voor ons korps.'
Mevrouw De Cock keek hem schuins aan.
'En voor jou?'
Over het gezicht van Vledder gleed een blos.

‘Een geschenk uit de hemel. Wanneer wij het eens... en wel zeer eens zijn geworden, gaan we trouwen.’
Fred Prins stootte Appie Keizer aan.
‘En wij komen op de bruiloft.’
Mevrouw De Cock wuifde uitnodigend naar een paar diepe fauteuils.
‘Ga zitten,’ riep ze hartelijk. Ze wendde zich tot Adelheid. ‘Zoals je weet schenkt mijn man bij deze gelegenheden altijd cognac, maar als je wat anders wilt?’
Adelheid schudde haar hoofd.
‘Ik houd mij aan de traditie.’
De Cock vatte de fles fijne cognac Napoleon, die hij speciaal voor dergelijke gelegenheden in huis had, en vulde ruim de bodem van diepbolle voorverwarmde glazen. Hij reikte die Adelheid en zijn rechercheyrienden aan. Daarna hield hij zijn glas omhoog. Zijn blik gleed naar Adelheid van Buuren.
‘Ik heb de gewoonte om op de gerechtigheid te toosten of als tegenhanger op de misdaad... want hoe men ons werk ook beziet... zonder die misdaad hadden wij geen bestaan. Maar vanavond hef ik het glas op de liefde.’
Mevrouw De Cock keek haar man aan.
‘Dat meen je?’
De Cock knikte nadrukkelijk.
‘En al ware het,’ declameerde hij pathetisch, ‘dat ik de gave der profetie had, en wist al de verborgenheden en al de wetenschap... en al ware het dat ik het geloof had, zodat ik bergen verzette... en de liefde niet had, zo ware ik niets.’
De oude rechercheur zweeg even.
‘Dit is een bijbelwoord uit het Nieuwe Testament,’ ging hij verder. ‘De schrijver van deze tekst zal het vermoedelijk anders hebben bedoeld, maar ik heb het gevoel dat het slaat op ons werk als rechercheur. Als je niet van ons werk houdt... als je de liefde tot dit vak niet kent... word je nooit een goede rechercheur.’
Fred Prins glimlachte.
‘Ik voel de neiging om te gaan klappen.’
De Cock schudde zijn hoofd.

‘Niet doen.’
Vledder nipte aan zijn cognac.
‘Weet je nu alles?’
De Cock zette zijn glas op een tafeltje en spreidde zijn handen. ‘Ik heb Peter van Houten vanmorgen urenlang verhoord. Hij heeft de drie moorden bekend. Ik heb, zo dacht ik, ook voldoende bewijs. Bij zijn aanhouding had hij een stuk zwart, tweeaderig snoer bij zich. Bij hem thuis heb ik van dat snoer een hele rol gevonden. Hij had ook het lancet bij zich, waarmee hij de halsslagaders van de slachtoffers opende.’
Vledder fronste zijn wenkbrauwen.
‘Hij was dus ook van plan om Michel-Jan van Nimwegen te vermoorden?’
‘Ja.’
‘Waarom?’
De Cock gebaarde in zijn richting.
‘Ik kom daar later op terug.’ Hij wendde zich tot de anderen. ‘Dit was een lastige zaak. Bij de eerste moord, de moord op Henry van Nimwegen, zochten we naar motieven die mogelijk uit het gedragspatroon van het slachtoffer konden voortkomen.’
De oude rechercheur grinnikte.
‘Motieven te over. Henry van Nimwegen leidde een turbulent leven en ik was ervan overtuigd dat wij spoedig tot een oplossing zouden komen. Maar dan volgt een tweede moord, de moord op Simon de Mirambeau, en plotseling valt een reeks motieven weg. De opgebouwde theorieën klopten niet meer totdat de figuur van Rudy Akersloot opdook en bleek dat Henry van Nimwegen biseksueel was.’
Appie Keizer stak zijn hand op.
‘Wat had dat voor consequenties?’
‘Simon de Mirambeau was homofiel. Rudolf Akersloot, een agressief man, was zijn vriend. Henry van Nimwegen ondernam pogingen om die Rudolf Akersloot voor zich te winnen. Die Rudolf Akersloot had in het verleden een vriend die hem als partner afwees, vermoord. Het was een zaak die ik destijds, nog zonder hulp van Vledder, had behandeld.’
Vledder trok zijn aandacht.

'Ik was er vrijwel van overtuigd dat Rudolf Akersloot beide moorden had gepleegd.'
De Cock glimlachte.
'Toen de derde moord, de moord op Marcel van Diemen, werd gepleegd, was die stelling naar mijn gevoel niet meer houdbaar. Vrij laat, wellicht te laat, drong het besef bij mij door dat de wijze waarop de moorden waren gepleegd, een symbolische betekenis had. Peter van Houten liet zijn slachtoffers doodbloeden.'
Fred Prins boog zich naar voren.
'Figuurlijk, in de betekenis van geleidelijk laten af- of uitsterven... in het vergeetboek laten geraken.'
De Cock knikte.
'Precies. De vraag was wat en wie... wie wil wat in het vergeetboek laten geraken? Een eerste antwoord op die vraag vond Dick Vledder. De vier chirurgen van de kliniek van de Helende Meesters hadden een overeenkomst gesloten. Onder aan het exemplaar van de overeenkomst van Marcel van Diemen stond *Een miljoen schuld? Nee*. Onder de overeenkomst van Simon de Mirambeau stond *Geen miljoen schuld.*'
Vledder knikte.
'En onder de overeenkomst van Henry van Nimwegen stond *Een miljoen schuld... vergeten.*'
Fred Prins grinnikte.
'Bij wie had dan ieder een miljoen schuld?'
De Cock keek hem aan.
'Volgens mij kon dat slechts één man zijn.'
'Peter van Houten.'
De Cock knikte.
'Ik nam een taxateur in de arm, die wel meer zaakjes voor ons opknapt. Ik vroeg of hij zich bij de kliniek wilde melden voor informatie over een gezichtscorrectie. Intussen diende hij de waarde te schatten van de kliniek, de inrichting, de apparatuur op het moment van de start van de kliniek van de Helende Meesters. Zijn taxatie luidde *vier miljoen...* vier miljoen destijds door Peter van Houten in de kliniek geïnvesteerd.'
Adelheid van Buuren vroeg aandacht.

‘De drie slachtoffers hadden dus ieder bij Peter van Houten een schuld van een miljoen.’
‘Juist.’
‘En die schuld wilden ze laten *doodbloeden*?’
De Cock knikte.
‘Exact. Ik heb Peter van Houten tijdens mijn verhoor gevraagd hoe hij aan die wetenschap kwam... hoe hij wist dat zijn compagnons niet van plan waren om hun schuld aan hem te voldoen.’
De oude rechercheur schudde zijn hoofd.
‘Dat wilde hij mij niet vertellen. Ik zal het bij een tweede verhoor opnieuw ter sprake brengen.’
Appie Keizer stak zijn hand op.
‘Hoe pleegde hij die moorden?’
‘Hij verdoofde zijn slachtoffers eerst. Bij zijn arrestatie had hij een fles wijn bij zich en een wit poeder. We zullen dat poeder in het laboratorium laten onderzoeken. Peter van Houten liet niets van zijn aversie tegen zijn compagnons blijken. Hij acteerde als een vriendelijke, welwillende collega, waardoor niemand enige argwaan jegens hem koesterde. Wanneer hij op bezoek kwam en een fles wijn meebracht, werd hij met open armen ontvangen. Het verdovende middel dat hij in de wijn deed, werkte snel, maar niet langdurig.’
Vledder grinnikte.
‘Daarom bond hij de voeten van zijn slachtoffers vast... voor het geval zij nog bij kennis kwamen.’
De Cock knikte.
‘Hij verzamelde in de loop der tijd ook de huissleutels van zijn compagnons. Buiten Michel-Jan van Nimwegen heeft niemand dat opgemerkt. Dat is de reden dat wij bij de slachtoffers steeds voor een gesloten deur kwamen. Hij deed na zijn daad de buitendeur van de woning van zijn slachtoffers op slot. Hij vertelde mij dat hij dit deed om ons op een dwaalspoor te brengen.’
Adelheid van Buuren schudde haar hoofd.
‘Een vreemde vent, die Peter van Houten. Was dat “doodbloeden” van hun schuld zijn enige motief?’
De Cock schudde zijn hoofd.

'Hij wilde van de maatschap af. Hij vond dat het systeem niet werkte. Hij wilde een nieuwe start maken, met chirurgen die bij hem in loondienst kwamen.'
De oude rechercheur leunde achterover en nam nog een slok van zijn cognac. De lange uiteenzetting had hem vermoeid.
Vledder keek hem schuins aan.
'Hoe kreeg je Peter van Houten zover dat hij naar de tempel van de Broeders en Zusters van de Tien Geboden kwam.'
De Cock lachte.
'Ik liet Michel-Jan een brief schrijven, waarin hij vermeldde dat hij wist – wat De Cock nog niet wist en nooit te weten zal komen – dat Peter van Houten de drie moorden had gepleegd. Hij schreef ook het motief te kennen: de doodbloedende schuld van de drie slachtoffers. Hij vermeldde dat zijn vader hem eens in een vertrouwelijke bui had verteld dat hij en Simon de Mirambeau en Marcel van Houten niet van plan waren om ooit hun schuld te voldoen. Michel-Jan nodigde Peter van Houten uit voor een bezoek aan zijn tempel om... zo hij schreef... te komen tot een gentleman's agreement.'
Vledder grinnikte.
'Weer zo'n luizenstreek van je.'
De Cock schudde zijn hoofd.
'Een uiting van liefde... liefde voor mijn vak.'
De grijze speurder pakte de fles cognac en schonk nog eens in. Daarna zakte hij in zijn fauteuil terug. Met een gevoel van voldoening nipte hij aan zijn tweede glas.
Mevrouw De Cock verdween naar de keuken. Ze kwam terug met schalen vol lekkernijen en liep presenterend rond. Op den duur raakten de gruwelijke moorden op de chirurgen van de kliniek van de Helende Meesters wat op de achtergrond en werd het gesprek algemener.

Het was al vrij laat toen de laatste gasten vertrokken. De Cock nam zijn derde glas cognac. Zijn vrouw schoof een poef bij en ging pal tegenover hem zitten.
'Wordt het wat tussen Dick Vledder en Adelheid van Buuren? Er waren toch al eerder trouwplannen.'

De Cock lachte.
'Adelheid wil een convenant.'
'Wat is dat?'
'Onderlinge afspraken. Wat zij in hun huwelijk gaan doen als er kinderen komen.'
'Dat gaat toch vanzelf?'
De Cock lachte.
'Bij ouderwetse mensen.'
Mevrouw De Cock kwam nog wat dichter naar haar man toe.
'Jurrian... ik vond dat het vrij lang heeft geduurd voordat jij in de doodgebloede slachtoffers een symbool zag van de figuurlijke betekenis. Je bent meestal veel alerter bij een dergelijke symboliek.'
De maakte een verontschuldigend gebaartje.
'Het komt, denk ik, omdat ik in mijn carrière als rechercheur nog nooit een zaak heb laten doodbloeden.'

De volgende boeken van Baantjer zijn bij de Fontein verschenen:

1 1963 De Cock en een strop voor Bobby
2 1965 De Cock en de wurger op zondag
3 1965 De Cock en het lijk in de kerstnacht
4 1967 De Cock en de moord op Anna Bentveld
5 1967 De Cock en het sombere naakt
6 1968 De Cock en de dode harlekijn
7 1969 De Cock en de treurende kater
8 1970 De Cock en de ontgoochelde dode
9 1971 De Cock en de zorgvuldige moordenaar
10 1972 De Cock en de romance in moord
11 1972 De Cock en de stervende wandelaar
12 1973 De Cock en het lijk aan de kerkmuur
13 1974 De Cock en de dansende dood
14 1978 De Cock en de naakte juffer
15 1979 De Cock en de broeders van de zachte dood
16 1980 De Cock en het dodelijk akkoord
17 1981 De Cock en de moord in seance
18 1982 De Cock en de moord in extase
19 1982 De Cock en de smekende dood
20 1983 De Cock en de ganzen van de dood
21 1983 De Cock en de moord op melodie
22 1984 De Cock en de dood van een clown
23 1984 De Cock en een variant op moord
24 1985 De Cock en moord op termijn
25 1985 De Cock en moord op de Bloedberg
26 1986 De Cock en de dode minnaars
27 1987 De Cock en het masker van de dood
28 1987 De Cock en het lijk op retour
29 1988 De Cock en moord in brons
30 1988 De Cock en een dodelijke dreiging
31 1989 De Cock en moord eerste klasse
32 1989 De Cock en de bloedwraak
33 1990 De Cock en moord à la carte
34 1990 De Cock en moord in beeld
35 1991 De Cock en danse macabre
36 1992 De Cock en een duivels komplot
37 1991 De Cock en de ontluisterende dood
38 1992 De Cock en het duel in de nacht
39 1993 De Cock en de dood van een profeet
40 1993 De Cock en kogels voor een bruid
41 1994 De Cock en de dode meesters
42 1994 De Cock en de sluimerende dood
43 1995 De Cock en 't wassend kwaad
44 1995 De Cock en het roodzijden nachthemd
45 1996 De Cock en moord bij maanlicht
46 1996 De Cock en de geur van rottend hout
47 1997 De Cock en een dodelijk rendez-vous
48 1997 De Cock en tranen aan de Leie
49 1998 De Cock en het lijk op drift
50 1998 De Cock en de onsterfelijke dood
51 1999 De Cock en de dood in antiek
52 1999 De Cock en een deal met de duivel
53 2000 De Cock en dood door hamerslag
54 2000 De Cock en de dwaze maagden
55 2001 De Cock en de dode tempeliers
56 2001 De Cock en de blijde Bacchus
57 2002 De Cock en moord op bestelling
58 2002 De Cock en de dood van de Helende Meesters

Andere titels van Baantjer:
Rechercheur Versteegh en de dertien katten
Misdaad in het verleden
Een Amsterdamse rechercheur

Verkrijgbaar bij de boekhandel

Boeken van A.C. Baantjer's beste vriend en medewerker John Bakkenhoven

Baantjer en De Cock, 1990
Eerste biografie van A.C. Baantjer

Het leven van Baantjer, 2000
Tweede biografie van A.C. Baantjer

Het Amsterdam van Baantjer, 1998
Baantjer's belevenissen in Amsterdam

De fanmail van Baantjer, 1999
De merkwaardige brieven die Baantjer ontving

Surpriseverhalen, 1999
Heel verrassende verhalen die Baantjer bewondert

Wizzewaz en de schatten van het woud, 1998
Leuke avonturen van een jongetje dat bomen, planten en dieren in het bos beter leert kennen en van ze gaat houden. Ook interessant voor oudere lezers en lezeressen.

Wizzewas in het wonderwoud, 2000
Nieuwe avonturen van Wizzewas, die wandelen in het bos nog prettiger maken.

Cockie – met ceeooceekaa, 2001
Baantjers hoofdpersoon De Cock loste al misdaadjes en misdaden op toen hij twaalf jaar was. Een boek voor jongeren én volwassenen.

Cockie – Hassemebassie!, 2002
Cockie lost weer misdaden op. Niet alleen in Amsterdam, ook op de Veluwe. Weer een boek voor Baantjer-fans en jongeren.

Mijn laatste reportage, 2002
Autobiografie van John Bakkenhoven met daarin de geschiedenis van de VNU. Als achttienjarige werd hij leerling-journalist bij *Panorama*. Hij ontwikkelt zich tot chef-redacteur, hoofdredacteur en directeur bij de VNU. In dit boek vertelt hij interessant over de vele beroemde kunstenaars die hij ontmoette, en publiceert hij een van de vele nog nooit eerder gepubliceerde gedichtjes die hij van zijn vriend Bertus Aafjes kreeg. Uiteraard vertelt hij ook hoe hij A.C. Baantjer ontdekte en hem hielp beroemd te worden.